U0098791

總裁獅子頭

ZONG CAI
SHIH ZIH
TOU

葉
揚

3 不可錯過，總裁人生指南

4 總裁的家人，是這樣想事情的

5 總裁走進校園，祝大家學業進步

CONTENTS

6 床邊故事

番外篇 愛情路上你不孤單，總裁實戰指南

後記

前言

其實這本書，在出版前的一個月，我突然退縮了。
「還是放棄吧。」我跟我的編輯說。

我一直在想，到底誰要看一個小孩，說著一些莫名其妙的話？還一口氣說了好幾萬字？

為了這個，我去淋了一場雨。
不誇張，我真的在深夜，跟孩子的父親說，我出去走走。

「正在下大雨耶。」他說。
「沒關係。」我說。
然後我就在雨裡走了一個鐘頭。
台北的街道，泡在雨水裡，我想釐清自己的恐懼。

首先，書名叫做《總裁獅子頭》，讓我有點緊張。我自己是念商學系的，也在企業裡任職，我很明白總裁這兩個字，位高權重，不可侵犯，而我拿這個來開玩笑，實在是走在鋼索上。

或許，有在追蹤我的臉書專頁的人，能明白發生什麼事，但那些第一次在書店看到書名的人們（或許就是正在翻閱這本書的你），會怎麼想呢？

讓我在這裡解釋一下，我的兒子羅比並不是總裁，我也不是虎媽，並沒有以訓練他有朝一日會成為總裁當作教育目標，純粹是，有一天，兩歲半的羅比，睡覺起來，說了以下的話——

羅比：「好，好奇怪，我剛剛，剛剛睡覺的時候，撿到一張名片……」
我不以為意：「是喔……」

羅比:「那個名片，名片上，我是董事長……」

另外，關於獅子頭的部分，又是怎麼一回事呢？

那又是某一次，羅比得到一本書，上面有四百多種動物的貼紙，彼得有感而發地張開雙手表示:「羅比，你知道嗎，獅子頭有這～麼～大！」

羅比露出驚慌的神色。

我問羅比:「哇，這～麼～大的獅子頭，你看到會不會怕？」

羅比點點頭:「獅子頭那麼，那麼大，我，我會很怕。」

我:「你最怕什麼？是不是牠尖尖的牙齒？」

羅比:「……獅子頭好大，我，我怕吃不光……」

介紹一下人物，彼得是我的先生，羅比是我的兒子，我們一家三口，目前搖搖晃晃過著小家庭的平凡日子，我固定會在網路上發表一些周記，講講羅比發生的事，身為一個母親，我覺得記錄這些日子很有意思，再次強調，這本書不是商管書，也不是成功人士教養書，如果造成誤會，請多見諒。

穿著雨衣，我依然在雨中走著。

雖然想不清楚出版這本書的目的，但我的確經常收到網友的來信與留言，告訴我他們如何透過這些小小的胡鬧的故事，在捷運，在餐廳，在床上，笑得花枝亂顫的過程。

有時候，我會接到信，說她的孩子在加護病房已經好幾天了，她只能躲到角落，花一點時間看看羅比的笑話，覺得很舒壓。

我也喜歡有人告訴我:「我坐在床上,先生問我在笑什麼,我就把羅比的文章念給他聽,結果他說了更好笑的話……」

我想,如果有這樣一本書,可以在紛亂的生活裡,有幾分鐘的出口,讓人覺得活著很愉快,覺得人生是有一點點輕鬆下來的可能,或許,這就是這本書,它翩然來到這個世界的原因。

畢竟,能夠成為你歡樂中的一小部分。
是我們的榮幸。

（左圖）
羅比驚恐地說:「獅子頭好大,我,我怕吃不光……」

總裁來時路：那些只有寶寶才明白的事

當你還是個總裁寶寶

親愛的，小小的，羅比，這一篇，全都是你剛剛學會說話的時候所發生的事情。

此刻的我，正懶惰地躺在床上，用手機寫著字，而你已經睡了。
你是一個小小的孩子，有著小小的身體，但是很大的脾氣。
你有很多地方像我，你有濃濃的眉毛，你的上唇常常脫皮。
你很挑食，不喜歡的食物會立刻做出嘔吐的表情。
你很嬌小，但你不會容忍別人敷衍你。

你總是在別人說等一下的下一秒就問：「怎麼這麼久啊？怎麼還沒啊？」
被你爸爸說，真是一個沒有時間觀念的人，完全不懂等一下是什麼意思。
可是我理解你。

當你說，我就是要現在！現在！
當你一面說話一面高舉雙手蹦跳時，我確信只要給你一本客戶名片簿跟年度業績目標，你脫掉尿布走出家門就能變成一個汲汲營營的業務員。
當你急忙想要推著所有人前進時，我真的知道你並不是不理解「等一下」的含意，你只是不想等那麼久，就這麼簡單，你很想抗議那個老是對你說等一下的人，你雖然臉頰跟松鼠一樣胖，雖然只有九十公分，可是你想確保身邊的人都具備效率，而且真心尊重你。

前幾天晚上，你連電腦開機都不能等，一直碎念著哎呦，哎呦，真是的，電腦好久喔……你指著作業系統那個微軟的圈圈，問說：「它為什麼要一直轉？欸不要轉！我要現在！」

我赫然發現,你忍不住頻頻咒罵電腦的樣子,還有,你拍打電腦的氣焰,跟我一模一樣(你會先拍鍵盤,然後再拍螢幕,開闔幾次,接著開始上下甩動整台主機)。你真的毫無疑問,是我親生的孩子。

親愛的羅比,你也有些事情,很像爸爸。

比如說你柔軟扁塌的頭髮,像是另一層皮膚一樣地貼在額頭上;你才兩歲半,就會打呼,咻咻咻的,緊閉雙眼,邊喘氣邊皺眉,好像當年民進黨立委看到萬年國代那個總是一臉很不以為然的表情。(這個舉例有點老派。)

你很喜歡模仿別人,尤其是唱歌跳舞,只喜歡快歌,跟爸爸一樣。
有時候,你還會模仿大人對寶寶說話的口氣,咿咿呀呀的,有點像是蔡秋鳳。

「要～鼻～要抱抱?要～鼻～要喝奶奶?」

你會刻意模仿大人的抑揚頓挫,說著:「喝!內～餒!」
你覺得大人對你那樣說話很蠢,所以你學的時候反諷意味很濃。

爸爸說,要長高一點才能打籃球。
那天,你喝牛奶的時候就特別事先問:「那,喝這個可以長高嗎?」

我很喜歡你實事求是的態度,我說會,喝這個會長高,你就點點頭,乾脆地把牛奶喝光了。

親愛的羅比,一直不敢說,我每次想到晏嬰出使楚國,因為很矮被嘲笑,我就會想到你。
上個禮拜,你拉著我一起看電視廣告,你說:「就是這個,美味小廚房。」
你又目不轉睛地接著說:「我好想要這個,我好喜歡煮煮飯。」

你說這些話的時候，都沒有轉向我，只是痴痴地看著廣告裡在做三明治的女孩，你口裡一直碎碎念：「好，好想要這個……好想要，就是這個……」

而且，對於討厭的事情，你開始會強烈表達自己的意見了。

像是你告訴我，「媽媽，妳，妳不要拉我嘴唇的皮好嗎？」
你做出披薩廣告裡吃芝心餅皮的手勢，接著不滿地說：「媽媽妳都這樣拉，我，我會痛得要死。」

你每天都會在睡覺前，說：「唉，又過了一天。」
彷彿你是個已退休，兒女長年住在國外，活得不太耐煩的老頭子。

今天你對著爸爸說：「喂，彼得！」
把爸爸嚇了一跳。
爸爸問：「你叫我什麼？」
你回：「彼得。」
爸爸問：「為什麼你要叫我彼得？」
你淡然表示：「因為，因為你的名字叫彼得。」

親愛的羅比，雖然，我跟爸爸都努力找出一些你跟我們相似的地方，但很多時候，我們知道你跟我們非常不一樣，而且越來越明顯。

你是一個很有意思的寶寶，牛脾氣，不喜客套。
但願你能慢慢地，長久地，過一個有意思的人生。
還有，如果真的長不高，要記得，晏嬰跟楚國說：「到狗國，才走狗洞。」

人可以矮，但志氣，必須高昂。

羅比的詞彙大全

「什麼都是100」

從某一天開始，羅比就突然積極發展他的語言區，講起話來有點奇妙。

什麼東西羅比都喜歡100，問他要幾點才睡，他會說：「100點。」某個夜裡，羅比嫌《三隻小豬》故事太短，他問：「爸爸，你可不可以講100隻小豬……」

#100隻小豬應該連二代宅都蓋好了吧

「擠較」

羅比發音不標準，比較，他會說成擠較。
羅比：「媽媽，今天擠較熱！」
羅比：「媽媽，跟狗狗比，我是不是擠較可愛！」

「有不有」

有沒有，他都說成有不有。
羅比：「這個肉肉，有不有醬醬？」

「一點就是很強烈」

還有他不知道要怎麼用「一點」這個詞。

他只知道「一點」是強調的意思。所以當我說：「你不要去摸那個東西，不要把東西丟下來！」

羅比就會回：「我一點都要！一點都要！」

「喔，眼瑞」

對了，眼淚，羅比會說成眼瑞。

所以當他唱五月天的〈瘋狂世界〉時，一切都變得超瘋狂。

羅比：「我好想好想灰～逃離這個，轟狂世界～那麼多苦，那麼多瑞，那麼多，莫名的瑞穗～」

#瑞穗才覺得你比較莫名吧

「疑心」

羅比把我的口紅塗了滿手都是，我正要大叫，沒想到他叫得比我還要大聲：「啊，我流血了，疑心！疑心！」

我還想不出來為什麼他要說疑心，羅比抓著自己的手噗通倒在地上，口中念念有詞：「疑心救我……」

我才體會過來，他說的是醫生的台語。

「除灰」

羅比最近學了一個新詞叫做除非（只是講成除灰）。

一開始他還不是很會用這個詞。

所以羅比一直用人格分裂的方式造句——

「媽媽，我不要出去玩，除灰，我要！」

「我，我不想睡覺！除灰！我想！」

「我會很，很乖，除灰，我不會！」

「狗狗咬我，除灰⋯⋯牠沒有⋯⋯」

我曉以大義：「羅比，除非這個詞不是這樣用的啦！我來教你，你聽我怎麼用⋯⋯」

嗯哼，我清了一下喉嚨，接著舉例：「我不要跟你做朋友了，除非你把玩具分我玩。我不喜歡吃蛋糕，除非蛋糕上面有很多草莓！這樣用才對⋯⋯」

羅比聽得很認真，想要參透其中的奧妙。

我補充：「除非這個詞的意思，就是有例外的情況。公主一直很漂亮，除非她臉摔到泥巴裡。車子可以一直開很快，除非遇到紅燈了。這種的⋯⋯你明白嗎？」

羅比點點頭。

我說：「那你來試試看。」

羅比說：「我，我不會亂丟東西！除灰⋯⋯」

我：「除非怎麼樣？」

羅比：「除灰爸爸會來撿！」

我：「⋯⋯也對⋯⋯」

我試圖矯正視聽：「你再試一句，這樣，我先說第一句，你來接，媽媽一直都好愛好愛羅比，除非⋯⋯」

羅比：「除灰她可以睡覺！」

#更歪

#我想要一直坐著除非可以躺著

回想起羅比剛開始學說話的時候，眼神真摯又語速緩慢，
他總是在家人離開時說：「我有一點會想你。」
我們後來才明白，那就是他會非常非常想你的意思。

「郎金多！」

羅比最近出現了一個新的強調語氣，我是一陣子過後才明白的。
一開始我們一起堆積木，羅比說要蓋停車場，他蓋到一半，我在旁邊插嘴：「欸欸，這樣會倒，欸欸，會倒啦……」
羅比搖搖手：「不會啦……」
我：「會啦，你不要再往上蓋了，會倒！」
羅比：「不會啦……」
我：「會啦，我看明明就要倒了……」
羅比生氣起來：「不會倒！妳，妳不要這樣，郎金多（台語的人很多的意思）！」
我：「啊？哪裡有人？」

後來發生很多次，每次只要我不符合羅比的期望，跟他意見相左時，羅比就會說：「欸，不要這樣，郎金多！」

舉例——
我：「羅比，你不要跑！」
羅比：「郎金多！」
我：「這跟人很多有什麼關係！」
羅比：「不要大聲，郎金多！」
我：「你快點說你幹嘛一直講郎金多……」
羅比再度制止我：「不要再說了，郎～金～多～」

#反正就是要我在公共場合少囉嗦快閉嘴的意思

「天公不作美」

這陣子陰雨綿綿，我教了羅比一個詞，叫做天公不作美。
有一天，我從體重機下來，問羅比：「唉，媽媽好胖怎麼辦？」

羅比指著我，像是抓到什麼證據一般：「媽媽，妳，妳就是天公不作美。」

 # 喔眼瑞眼瑞都是我的體會

「還是擠較」

帶羅比去上體驗課程，過程中看到一個媽媽，因為小朋友不聽話，媽媽崩潰，作勢要拿旁邊的棍子打他。
（蒙特梭利教具何其多。）

羅比跟我在旁邊看，我想說趁機機會教育一下，便小小聲問：「羅比，你看，你覺得那個媽媽，為什麼要拿棍子打小孩子呢？」
羅比皺著眉頭回：「因，因為，大人都擠較善用工具吧……」

 # 重點是小朋友不乖
 # 不是那根棍子好嗎

我是一個不能說實話的小孩

我沒有預計事情會發生得這麼快，但不過就是短短幾年，羅比已經開始在各方各面干涉我的人生。

最近NBA例行賽開打。
我超級熱衷，一邊看一邊跟羅比說話。
我：「羅比你看，電視裡的球員，不只投進了，還跌倒到旁邊，好帥。」
羅比疑心冷淡道：「骨，骨折，很帥嗎？」

#疑心看不懂NBA
#就像白天不懂夜的黑

羅比表態：「我，我支持勇士隊！」
我：「可是我跟爸爸都支持Lebron James！」
羅比堅持：「穿白色的才會贏！」
我：「為什麼你要支持勇士隊？」
羅比露出妳是不會算術嗎的臉，他指著電視說：「因為，因為三婚比兩婚多……」
我：「我不管你，我今天要支持騎士隊，Lebron加油！」
羅比：「媽媽……」
我：「怎樣？」
羅比替我擔心：「為，為什麼妳要替會輸的球隊加油？」
我搖搖頭：「羅比，你問錯問題了……我是為我喜歡的球隊加油，不是為會輸的球隊加油，你搞錯了。」
羅比又看了一下電視，皺著眉頭，顯然不開心我說他問錯問題這件事。羅比又開口了：「媽媽……」
我：「怎樣？」
羅比：「那為，為什麼妳喜歡的球隊都會輸呢？」

#嗆
#好吧這個問題可能值得想一想

我在床上，準備睡覺。
羅比在旁邊一起躺著。我講了故事，唱了歌，接著我說，很晚了，我們來睡覺吧。
羅比在黑暗中，突然默默地說：「唉。」
我：「怎麼了。」
羅比：「我是，我是一個不能說實話的小孩。」
我：「什麼意思？」
羅比：「沒有，我只是不能說實話。」
我：「什麼實話，你就說啊？」
羅比：「爸爸咧？」
我：「他在洗澡，你有什麼事情，可以直接跟媽媽說。」
羅比重複：「沒關係，我是，我只是一個不能說實話的小孩。」
我：「你就說出來就好。」
羅比左顧右盼：「爸爸什麼時候洗好？」
我：「喂，你是不是不想我陪你睡覺？是不是想要我出去？」
羅比：「……嗯。是的。可，可是我不能說，我，我是一個不能說實話的小孩。」

#我直接走出房門看電視
#總裁愛男人

我在看美劇。
從家裡翻出來之前的《慾望城市》DVD，我高興地選了一集在看。
羅比超沒禮貌，從房間走出來，直接按掉光碟機，換成他要看的巧虎DVD。
（我很後悔教會他怎麼操作光碟機。）

我：「喂！媽媽要看《慾望城市》！」

羅比勸世臉:「巧,巧虎擠較好看!」

我:「誰說的?我的《慾望城市》比較好看。」

羅比:「那妳的,城,城市,有什麼好看?」

我一時語塞。

我:「⋯⋯在紐約這個城市,她們幾個是朋友啊,所以在一起很快樂⋯⋯」

羅比甜笑:「巧巧班,也有很多好朋友喔。」

我繼續強辯:「可是我的DVD,那幾個好朋友都是漂亮女生,你長大就知道,漂亮女生要當朋友很難的⋯⋯你自己想想看⋯⋯」

羅比真的想了一想,接著不以為然地大聲糾正我:「巧巧班,巧巧班的都是動物,動物一起當好朋友,超難!」

#也是啦
#巧巧班老虎跟兔子長得一樣大耶
#兔子要發育得那麼好的確是不容易

我記得跟羅比一起看巧虎卡通時，有特別去網路查過那些主角的設定，
巧虎是個開朗的小老虎，擅長踢足球。喜歡甜甜圈，但是害怕打雷和水。
而兔子琪琪非常有正義感，興趣是唱歌，夢想是成為公主 。

我在想，如果，這個世界就如巧巧班，
老虎和兔子，都能一起當朋友的話，或許會變得很不一樣。

地上的娃娃想媽媽

偶爾，羅比也會展現出很有感情的時刻，前些日子，照顧他的外公外婆回家了，他哭得不行，還啜泣地問：「外婆，外婆什麼時候才會再來，我很想哭……」

羅比也漸漸變成一個有同情心的孩子。

剛剛他要睡覺去，抱著一隻新的娃娃。

羅比：「媽媽，他，他叫什麼名字？」

我：「誰？」

羅比指著旁邊的娃娃：「他，他是不是，叫，叫皮卡丘？」

我：「他是史迪奇，只是長得有點像皮卡丘。」

羅比：「這，這樣啊……原來，這樣……」

我：「史迪奇也想睡覺了，我們一起睡覺吧……」

我把兒子連人帶卡通人物一起抱上床。

黑暗中──

羅比：「媽，媽媽，那個，史，史迪奇，他有媽媽嗎？」

我：「有吧……」

羅比：「那，那他媽媽沒有要一起，一起，睡覺嗎？」

我假裝東張西望：「奇怪，史迪奇媽媽好像沒有來。」

羅比表情很難受，抱著史迪奇，開始安慰起來。

羅比：「沒，沒關係啦，史，史迪奇，你的媽媽，她，她去上班了，可能，還沒有，還沒有下班……」

我突然有點傷心。

我問羅比：「怎麼辦，史迪奇媽媽跟我一樣要上班……」

羅比：「對啊，要上班，要，要賺錢……」

我：「那史迪奇好難過怎麼辦，他媽媽不在這裡，你要怎麼安慰他？」

羅比：「你，要不要，要不要打給媽媽？我，這裡，我有電話……」

羅比又緊緊抱了一下娃娃，然後替它蓋被子。

羅比：「沒關係，沒，沒關係，不要哭喔……你，你想媽媽的話，就，就先乖乖躺著，躺著吧……」

夜裡，一直聽著躺在旁邊的兒子對著娃娃說：「沒，沒關係啦，媽媽很快，很快就，下班了。」

＃地上的娃娃想媽媽
＃媽媽以後會早點回家的

我們金牛座就是講事實

這周的某天晚上，因為想要換個心情，臨時決定跑去剪頭髮。
我跟設計師說，很想換個樣子，跟以前都不一樣。
設計師收到命令，大刀剪下去，瀏海高於眉毛一公分。
我覺得有點像《冰河歷險記》的長毛象。

很時尚啦，設計師表示。
很特別啊，彼得說。
我有感覺到他在電梯裡咬住嘴唇，忍住不要笑我。

我問彼得：「那你覺得羅比會怎麼說？」
彼得：「我覺得他不會笑妳，真的。」
回到家，我看著羅比，羅比看著我。
我忍不住就問：「羅比，你覺得媽媽頭髮怎麼樣？」
羅比大聲表示：「阿嬤，阿嬤有說，露出額頭會運氣好……」
我感動莫名，想到他才四歲，就開始這樣稱讚別人，真的是了不起的孩子。

但事情哪有這麼容易結束呢？
羅比接著說：「但阿嬤沒有說，露出額頭會很醜，原來，會很醜。」

#你有話直接一次說完就好
#中間停頓造成別人誤會真的很可惡
#羅比還強調好運比醜好

我跟兩個金牛座同事講到羅比評論我的髮型的這件事。
兩個金牛座同事很懂羅比的樣子。

金牛同事Ａ：「我跟妳說，羅比應該是覺得已經有很多人稱讚妳，我

們金牛座就是要講一下事實。」

金牛同事Ｂ：「其實羅比說得也沒有錯，他沒有要傷害妳，身為金牛座，就是想要補充一下事實而已，畢竟我們是為事實而生的星座。」

我：「可是事實很傷人的時候，可以不要講嗎……」

金牛同事齊聲回答：「不能，做人還是知道事實比較好。而且，好運真的比醜重要！」

＃同事說等羅比過了三十歲他就知道不要這樣說話了

＃因為她也是這樣

＃喔對了我在電梯遇到另一個金牛同事她看了我的瀏海接著說只能說精明與　時尚很難共存

寶寶才不是省油的燈

說到金牛座，其實我對羅比是一個金牛座寶寶，有一些嘖嘖稱奇的地方，記載如下：

1 善於觀察，發現可疑的部分會立即提出。

在電梯裡，有一個金髮小男孩走進來。
電梯很擠，羅比直指他的頭問：「那個人頭髮怎麼那麼奇怪？」

#手指已插到對方的腦門

2 對語病跟亂講零容忍，會交叉比對。

羅比看到餐廳外面的石頭，問：「這些石頭都是哪裡來的？」
我答：「河邊吧。」
羅比：「為什麼石頭圓圓的啊？」
我隨便說是因為河流沖的，石頭會一直滾就變成圓的。
他又問：「那為什麼有一些是扁扁的？」
我說：「可能被壓住，所以沒有滾吧……」

然後我發現他過一陣子，就會找機會問其他的家人同樣的問題。
羅比：「姑姑，石頭都是從哪裡來的？」

接著他還會在四下無人時，淡淡地對我提起：「姑姑說是石頭海裡來的，為什麼，妳說是河邊呢？」

#我不是犯人不要反覆偵訊我

3 沒有想像力，也不想要有想像力

羅比堅持要回去看石頭。

羅比：「媽媽，石頭為什麼有的是小小的呢？」

我：「就像是羅比一樣，也是小小的，它是大石頭的小孩啊⋯⋯」

羅比：「它不是。」（堅定）

我：「它是啦，不然我來問問小石頭，它知不知道自己的爸爸媽媽是哪一個大石頭⋯⋯」

羅比突然暴走：「妳不要問！石頭不會說話！」

＃問一下又不會怎樣

4 不想承認某些事情的時候覺得很為難

我：「羅比，你是不是大便？」

羅比：「啊⋯⋯不要問啦⋯⋯」

阿嬤：「你是不是不想讓別人知道自己大便？」

羅比開始唱〈火車快飛〉。

我：「大便又不是壞事情，你就承認好了⋯⋯」

阿嬤：「那你偷偷跟阿嬤講就好，你是不是有大便？」

羅比：「妳們，妳們換一個話題好嗎⋯⋯」

＃朕不說的你不能問

5 實際起來非常實際，不喜客套，沒有要看場合。

我們吃完飯，店員說：「下次再來，有機會請多介紹朋友來喔！」

羅比實際地說：「可是我又沒有朋友。」

＃不能好好地跟人家揮手致意就好了嗎

後 記

我覺得同時跟雙魚座丈夫跟金牛座兒子相處很難耶⋯⋯因為彼得不管什麼事情都是用想像的（他昨天才想像我被新加坡執法人員倒吊起來），別人說什麼他都先說好（然後再偷偷問說那個人剛剛說什麼？），而且啊，世間還有比彼得更愛亂回答的人類嗎！

羅比在挑護唇膏，我說我們來選一支最好的，
他站在家樂福，露出認真考慮的表情。

你覺得什麼很長

我在戶外，跟羅比散步，順便機會教育。
我：「羅比，你看，這個樹枝，短～短的。」
羅比：「喔。」
我：「然後你看，這個繩子，長～長的。」
羅比沒有反應。

我鍥而不捨的問：「羅比，你想想看，有什麼東西，也是長～長～
的？」
羅比安靜地想了一下，好像想到什麼，又決定不說出來，心事重重
的樣子。
我：「想好了嗎，你給媽媽一個例子，有什麼東西，是長～長～
的？」
羅比露出憂傷的表情，他皺著眉頭說：「唉～我覺得十二月很長。」

＃長什麼長你是失戀還是年終報告寫不出來

. . . .

跟羅比一起看《威利在哪兒》的書。
這本書我好久沒玩，很興奮：「快快，我們一起來找威利！」
羅比：「威利是誰？」
我：「威利是一個戴著眼鏡、穿紅色衣服的瘦子，他在這個圖片裡，
很不容易找到……」
羅比：「你為什麼要找他？」
啊啊啊，我找到了，我興奮大叫：「羅比你看，他就是威利！」
羅比：「你找他有什麼事嗎？」
我：「哎唷這個遊戲就是要找威利嘛……快點，我們再來找！」

羅比就是這個表情，說著：「為什麼威利這麼喜歡去人多的地方啊？」
人多的地方，總裁你自己還不是很喜歡去嗎？

我翻到下一頁，這時威利從都市叢林中，跑到深山裡面了，我沉迷在其中，簡直難以自拔，臉幾乎都貼在書上。

羅比：「妳，妳不要一直這樣找！」
我緩緩移動我的頭：「就是要這樣，一區一區慢慢找……」
羅比：「他有手機嗎？妳要不要，要不要打給他？」
我想要鼓勵羅比一起玩：「羅比，快點，幫媽媽找一下威利！」
羅比不理我，他自己把書搶過來，一頁接著一頁翻。

接著，羅比露出不太愉快的表情：「真是的，為，為什麼，威利這麼喜歡人多的地方啊？」

＃我只是想找威利你為什麼這麼難配合
＃寶寶都不想找威利嗎

補充說明──
我的一位同事說，他小時候找到威利就會立刻用馬克筆圈起來。
他也是金牛座的。

＃一定要圈好以防下次還要再找
＃這實在太務實了

第一次拍證件照就失敗

今天下午帶羅比去照相館，打算替他拍出人生的第一張證件照。

出門前，我一直抱著可以拍出超可愛大頭照的幻想，沒想到羅比一進去照相館就開始激烈反抗，怎麼樣都不肯拍照。

羅比：「我，我不要拍，我，我太小了，小孩不能拍照！」

我：「誰說的，小孩當然可以拍照，你不要怕，只要坐在那邊，然後喀嚓一下就好了。」

羅比：「我不要，拍照我會痛！」

（我後悔說了喀嚓二字。）

我：「真的不會痛，你相信我，真的不痛⋯⋯」

羅比：「妳，妳又不是我，羅比拍照會痛！」

（你是莊子嗎？什麼我不是你焉知痛不痛。）

我：「你不拍，飛機不會讓你上去，這樣我們就不能去海邊玩了」。

羅比：「為什麼？飛，飛機要看我的照片？」

我：「因為飛機要看到你的照片才知道你是誰。」

羅比：「我，我自己有來啊！」

我轉換方向：「只有清朝人才不敢拍照，你是清朝人嗎！」

羅比：「為什麼，為什麼清朝人不敢拍照？」

我：「因為清朝人以為拍照靈魂會被吸走，他們很笨！」

羅比：「為什麼妳說別人很笨！」

我：「因為你跟清朝人一樣，以為照相機會咬人，統統都很笨！」

羅比：「那清朝人長什麼樣子⋯⋯給我看⋯⋯」

我氣了，於是說：「我沒辦法給你看，沒有人知道清朝人長什麼樣子，你知道為什麼嗎？因～為～清～朝～人～不～敢～拍～照！」

就這樣，母子兩人為了清朝這個時代在相館裡面爭辯不休，連攝影師都露出憋笑的表情，最後還是無法讓羅比拍照，只好回家。

這篇故事只是想提醒大家，這世上最不實際的，就是媽媽的幻想。

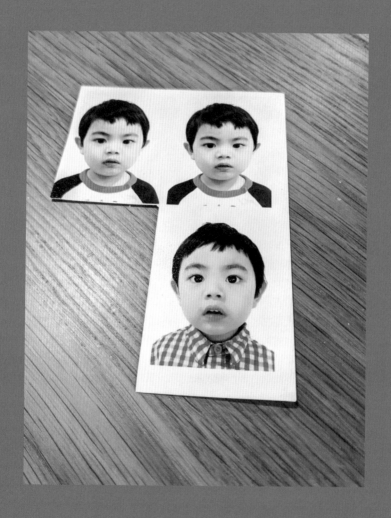

最後的這兩張證件照，
是我們趁羅比在家裡看卡通的時候，把他移到白牆邊偷偷拍出來的。

跟羅比吵架

證件照之後，連續兩天都跟羅比吵架。

昨天因為他把吃到一半的糖果拿在手上走來走去，看起來很噁心。
我：「欸，羅比，你不要把糖果拿在手上！」
羅比聽到以後，就立刻把黏黏的糖果丟到地上。
我：「喂，你為什麼把糖丟到地上！」
羅比：「因為，因為，不要拿，拿在手上⋯⋯」
我才不聽他的解釋。
我：「羅比，你過來把糖果撿起來。」
羅比：「不要！」
我：「那我要生氣了。」
羅比悠悠踱步，走到臥房外面去。
我：「我不跟你說話了。」
我順勢把門關起來。

羅比自己一個人留在客廳。
過了幾分鐘，他把門打開一公分，看了我一眼。
我不看他，他便把門關起來。
一陣子過後，羅比又打開門縫，丟進來一張紙。
我：「這是什麼？」
羅比沒有回答。
我：「這是什麼？」
羅比還是沒說話。
我：「喂，顏羅比，我知道你在外面，你丟這張紙是什麼東西？」

羅比刻意又等了三十秒，才又打開門縫。

我：「你是不是想跟媽媽說什麼？」

此時羅比淡淡的說：「……妳的信。」

 # 用妳的信代替對不起

我還在假裝生氣：「哼，我不想看我的信。」
羅比問：「那，那你想看誰的信？」

· ·

剛剛羅比堅持不分我喝檸檬汁。
我們在桌子上搶來搶去，我又火大了。
我：「你為什麼不分我喝一點？」
羅比：「妳吃，妳吃妳的東西嘛……」
我：「我想喝檸檬汁！」
羅比：「妳去喝牛奶！」
我又不跟羅比講話了。
彼得坐在旁邊也不敢出聲。

過一陣子，羅比喝夠了，看我的臭臉。
他吸了一口氣，轉過來，對著我說：「妳，妳這件褲子超好看的，哪裡，哪裡買的……」
我：「什麼哪裡買的！你想和好就直接說……」
羅比：「我，我只是問，妳的褲子店，是，是哪一家啊？」

 # 臭男生
 # 而且那條褲子明明就超醜的

· ·

換羅比連續兩天氣嘟嘟的，都不理我。
不論我說什麼，他都「哼」的一聲撇過頭去，接著掉頭就走。

我也不知道為什麼。

像是前晚，他突然忘記正在生我的氣，走過來問我：「媽媽，妳，妳，妳吃飽了嗎？」

我喜出望外：「呦，我們和好了嗎？」

羅比突然想起了什麼，趕緊「哼」了一聲，把頭轉開。

我：「怎麼辦，我兒子都討厭我。」

彼得：「沒關係啦，過一陣子，他就會來找你了。」

我：「真的嗎？」

彼得：「真的啊。」

我：「你怎麼知道？」

彼得：「我就是知道，我也是別人的兒子啊。」

我：「那要等到什麼時候？」

彼得：「嗯嗯，等到他需要錢的時候，他就會來找你了。」

#哼

呆瓜沒有不好

最近羅比一直發生脫序事件，說話很嗆、又愛強辯，實在讓人感到很煩惱。

舉例說，羅比超愛吃糖。某晚彼得在廁所（待很久），我在臥房用電腦，羅比一個人待在客廳一陣子。

他不知道怎麼發現了一盒牛奶糖，他先是拿了一顆，跑到廁所去，跟爸爸說：「來，你一半，我一半……」

接著，他又跑到臥房來，跟我說：「媽媽，我吃牛奶糖，跟爸爸一半……」

我回他說：「這樣很好。」

過一陣子，他又跑來說：「媽媽，我有吃牛奶糖喔。」

我說：「我知道。」

一分鐘後，羅比又來了。

羅比：「媽媽，我有，有吃牛奶糖喔。」

我：「爸爸也有吃對嗎？」

羅比：「對，我們，我們都吃。」

就這樣來來回回幾次。

等到我走出臥房時，羅比已經吃了七顆牛奶糖了。

我驚訝：「你吃這麼多！」

羅比辯稱：「跟爸爸有一半！」

我問彼得，彼得從廁所回答：「有啊，我們一人一半。」

我：「所以你讓他吃了七顆嗎？」

彼得：「咦？我只吃到一顆的一半啊。」

我看回羅比，羅比低下頭畏畏縮縮地說：「我有，有分享……」

#前世總裁你偷雞摸狗對得起國家社會嗎

我：「你自己說說看，你吃了幾顆？」

羅比看著桌子：「……很多的一顆。」

我：「你吃了七顆好不好……」

這時鐵證如山，羅比想要轉移話題，趕緊說：「還有，還有一盒，牛奶糖很多！」

我怒：「難道你還要吃嗎？」

羅比搖搖手：「我是說，我是說，還有還有，牛奶糖很多，妳也來吃吧……」

#與你分享的快樂勝過獨自擁有至今我仍深深感動

彼得跑出來跟羅比說教。

彼得：「羅比，你不可以吃這麼甜。」

羅比：「為，為什麼？」

彼得：「因為吃太多糖會變呆瓜！」

羅比：「我，我知道了。」

彼得：「好，你知道了就好。」

我看著羅比，羅比好似下定決心，他抬起頭，不畏強權，大聲宣布他的決定：「我！我要當呆瓜！」

後記——

偷吃糖事件後，我跟羅比說，喂，羅比，當呆瓜不好。

他回答：「呆瓜好！大家喜歡呆瓜，我會跟呆瓜交朋友，呆瓜沒有不好！」

#說得也是你爸一直有好多朋友

養雞雞

羅比有個奇妙體悟，就是他突然發現自己是男生，所以他只跟男生一起玩。

他會說：「我跟爸爸一樣。我是，我是男生，我要上班。」

後來漸漸演變到不好的方向，也可能是看太多國際賽事，最近羅比會突然說：「我跟爸爸是男生，是有希望的。我們打，打球，踢，踢球。妳是女生，妳，妳沒有希望。」

我有點不高興，每次他講這樣的話，我就會板起臉，矯正他的看法。

我很快就發現彼得完全沒有辦法幫忙我，因為我說：「你聽聽看，羅比又在講他是男生，當男生比較好的事情……」

彼得便說：「羅比，你這樣說不可以，這樣是，是種族歧視喔！」

#爸爸連性別歧視跟種族歧視都分不清楚
#是要怎麼談論男女平權

某天羅比又說：「我跟爸爸，是男生，男生就是要出去工作的……」

我又立刻嚴肅起來：「喂，羅比，你說男生是要工作的，什麼意思？那女生呢？女生要做什麼？」

大概是看到我很生氣的樣子，羅比立刻說：「男，男生要工作，女生，女生，是要做大事的！」

#腰肢真軟算你識相

• •

洗澡時，羅比看著我，然後問了問題。

羅比：「媽媽，妳為什麼沒有雞雞？」

我：「啊？」

羅比：「爸爸有雞雞，我也有雞雞，為，為什麼，妳沒有雞雞？」

我想著這一刻終於到來了，決定要好好教育一下。

我：「因為我是女生啊，你是男生，我是女生，女生沒有雞雞。」

「唉。」羅比搖搖頭一臉憂心，他好像覺得這是一個很大的損失。

我：「沒有雞雞也很好啊。」

羅比：「可，可是，妳沒有雞雞，就不能，不能站著尿尿了⋯⋯」

（搞什麼你只擔心這個嗎！）

我：「我可以坐著尿尿啊⋯⋯」

羅比沒說什麼，但他皺著眉，還是不太能接受的樣子。

我替他洗了頭髮，又在浴缸玩了煮飯遊戲。

過了一陣子以後，羅比突然說：「我覺得妳要有雞雞。」

（肯定句法：I'm not asking you, I am telling you.）

我：「！」

羅比握緊拳頭：「媽媽也要有雞雞！」

我：「可是我沒有辦法⋯⋯」

羅比一臉「有志者事竟成，妳不要放棄嘛」的表情。

羅比：「雞雞，可以養啊⋯⋯」

我叫彼得進來。

彼得：「幹嘛？」

我：「羅比說他覺得我應該有雞雞。」

彼得：「其實我也覺得⋯⋯」

我：「⋯⋯他還說我現在沒有雞雞，可以用養的。」

羅比接著補充：「對啊，雞雞，雞雞養一養就有了！大家一開始都沒有啊⋯⋯妳，妳要養！」

#這麼勵志

#那我是從今天開始養嗎

我三歲我驕傲

我發現說反話好像對金牛寶寶沒有用。

某天接羅比來辦公室玩，一個同事故意對著羅比說：「嘿嘿，羅比，我敢說你一定追不到我⋯⋯」

同事說完就準備要開始跑。

但羅比站在原地，超認真回答：「嗯嗯，我追不到你，因為，因為我腿很短跑很慢。」

#實話實說

我對著羅比唱歌。

「三輪車，跑得快，上面坐個老太太⋯⋯」

「要五毛，給一塊，你說奇怪不奇怪⋯⋯」

羅比鄭重表示：「不，不奇怪。」

我：「啊？」

羅比：「她，她給一塊為什麼奇怪？」

我：「因為車錢只要五毛。」

羅比：「要五毛，給壽桃，才奇怪！」

#真的好怪
#羅比最近熱愛壽桃

說到壽桃這事，因為羅比很喜歡吃豆沙，所以壽桃一直都是他最喜歡的甜點。

上次帶羅比去辦公室玩，有同事問他：「羅比，妳要不要吃軟糖？」

羅比回：「我擠較喜歡吃壽桃。」

我真的有一種八十歲總裁在說話的感覺。

#吃什麼軟糖我都是喝碗燕窩配壽桃

回到要五毛給一塊，後來我發現同一首旋律，也適用於另一個歌詞，「小猴子，吱吱叫，肚子餓了不能叫，給香蕉，他不要，你說好笑不好笑……」

羅比搖搖頭。

我：「你又覺得不好笑了是不是？」
羅比：「他，他雞雞叫什麼？」
我：「什麼？誰？」
羅比：「小猴子的雞雞。」
我：「哪裡？」
羅比：「你不是說他雞雞叫，叫什麼？」

#我不確定我去調戶口名簿看一下

羅比最近的新語法是：「我決不定。」
他不能決定的時候，就會說：「我決不定！」
還有，吻仔魚，羅比叫做不拉魚。
世界盃時，烏拉圭，羅比講成不拉圭。
呼拉圈，羅比也念做不拉圈。
他一直以為這三個東西都是同源同種，來自同一個地方，因為很難解釋，所以我也就沒有點破。

#不拉圭的人搖著不拉圈吃了一碗不拉魚

還有羅比很以自己三歲為榮。
他會用一種驕傲的口氣說：「我，我已經是三歲的小孩了，妳知道三歲，是怎樣嗎？」
我：「是怎樣？」
羅比：「就是，我已經不是兩歲了……」

#那又怎樣

今天帶羅比坐UBER，羅比坐在後面，跟司機侃侃而談。

羅比：「這，這是建國高架橋。」

司機：「你怎麼知道？」

羅比信心滿滿：「因為，這不是新生高架橋……」

（這是什麼回答？）

司機：「你幾歲了呢？」

羅比：「三歲，我三歲五個月。」

司機：「喔喔，你三歲五個月了啊？」

羅比補充：「我，我之前是三歲四個月，現在是三歲五個月。」

司機：「喔喔，為什麼會這樣呢？為什麼你不會一直是三歲四個月呢？」

羅比不知為何，突然有點怒氣上身：「就是，時間一直在過去啊！我有，我有什麼辦滑！」

#總裁別氣
#喝點蔘茶消消火

寶寶自有他的道理

收到網路上照片回顧的提醒，看到剛出生的羅比，那時候他只有一雙無辜的圓眼，我還不知道他會變成一個有思想的人，那時候我應該就要發現他的頭圍會超標。

明天又是星期五了，今天同事說，時間過得好快，真的是這樣，突然之間，羅比會表達了，他做任何事情，都有一個理由：

他會說，「醫生說每天吃四顆曼陀珠對我很好。」
他會說，「爸爸抱我，因為我愛你。」
他某天還堅持：「小丸子最喜歡吃甜食！」

以下，是羅比自己想出來的事情：

1 羅比的小表弟多多來台北玩，兩人相處甚歡。
   直到羅比把多多從台階上推下去，害多多臉朝下著地。
   我：「羅比，你為什麼把多多從上面推下去？」
   羅比正義凜然地表示：「因為，他坐在邊邊！阿嬤說，阿嬤說小孩子不能坐那麼邊邊，會，會危險！」

   所以我只好把他推下去……

   #事已至此不推不行
   #我是為你好

2 羅比有個被子，他非常依賴那條被，每次想睡的時候，他就會用甜蜜的口氣呼喊：「黃色被～」

   有天我跟羅比聊天。

我：「你這麼喜歡黃色被，要不要替它取個名字？」

羅比：「它，它就是黃色被！」

我：「可是你看，媽媽也替你取了一個名字，叫做羅比啊，我在想，但如果黃色被有一個自己的名字，不是也很好嗎？黃色被很普通，它也想要一個特別的名字……」

羅比歪著頭想名字。

我正想提議不然就叫米米、貝貝，或是比比這類的可愛小名。

羅比突然說：「我，我想好了。」

我：「好耶，那你想給黃色被取什麼名字呢？」

羅比：「黃浩民。」

#我剛剛確認過了我們沒有認識任何一個人叫黃浩民

#這名字也太正式了吧可以直接報戶口

#結果這兩天他都抱著被子說黃浩民

3 颱風來了，彼得跟羅比說：「今天我們要好好做防颱準備。」

羅比：「那要怎麼做？」

彼得：「我們要先把房子綁好，然後，颱風來的時候，所有人都要躲在房子裡。」

羅比：「為什麼？」

彼得：「因為風很強，把房子綁好，大家才不會被風吹走。」

羅比實際表示：「那，那人也都要綁好。」

彼得贊同：「對，也把媽媽綁起來好了。」

羅比：「可是，媽媽要用什麼綁呢？」

彼得：「你覺得呢？」

羅比：「有什麼東西，可以綁得很緊呢？」

彼得回答：「用中華電信綁，可以綁三年喔！」

#什麼對話呢

#長子彼得談話內容好廣泛

4 在便利商店，羅比買了多多，說這是他的防颱準備。彼得則是說他要去蹲馬桶，在颱風來之前，還有水的時候好好上廁所，是他的防颱準備。我也好興奮地想著自己的防颱準備。

結果新聞報導，因為颱風強度未達標準，原本期待的颱風假，居然沒了。
我難掩失望，一個人走到臥房，臉部朝下躺在床上生氣。
羅比一邊喝著多多，一面悠悠地走過來：「媽媽……」
我：「怎麼了？」
羅比拍拍我：「現，現在，妳不用準備黃颱了，妳要，準備上班。」

 # 好痛的風涼話

5 我一直便祕。
在家裡唉唉叫。
羅比跑來想要幫忙。
羅比：「媽媽，妳，妳怎麼了？」
我：「我大便大不出來……」
羅比：「妳有脫褲子嗎？」
我：「這不是脫不脫褲子的問題，我，我就是大不出來。」
羅比露出妳才不懂啊的臉。
羅比：「妳，妳要脫褲子，才能大便。」
羅比一邊說明，一邊身體力行，把自己的褲子脫下來給我看。
我：「我不用脫褲子，因為我根本大不出來，我的問題是這個啊。」
羅比微微翻了白眼：「妳要先脫褲子，才能大便！沒有脫褲子，就沒有大便，就是這個問題！」

 # 寶寶表示是程序出了問題

承上。

我：「羅比，我跟你說，我就算脫褲子也大不出來。我想大便，可是不能，我好痛苦……你快幫我。」

羅比：「好，好，我幫妳。」

我：「你有沒有什麼好建議？」

羅比：「妳，妳有用力嗎？」

我：「我有。」

羅比：「妳，妳有吃鳳梨嗎？」

我：「我不敢吃鳳梨。」

羅比：「妳要，要吃鳳梨。」

我：「不要，我不喜歡吃鳳梨，你只有這個方法嗎？」

羅比露出「我是疑心，我不接受這種鄙視」的臉。

羅比：「我，我想一下。」

我：「啊，啊，啊，我要死掉了，我要因為大不出來而死掉了。」

羅比走過來，拍了拍自己的頭。

羅比：「妳先這樣，拍拍頭。」

我：「我頭裡面又沒有大便。」

（還是你在暗示我有！）

羅比繼續說：「然後，然後再滑滑手機……」

我：「……好。」

羅比：「再開開窗……」

我：「開窗有什麼用？跟我大便有什麼關係？」

羅比：「……再，再叫劉秉哲來幫忙。」

我：「劉秉哲是誰？為什麼你要講到這個人？」

羅比：「只，只要這樣……妳就不會一直想大便的事情了。」

好像有點道理
劉秉哲不管你是誰現在快來幫我

這是還沒有滿一歲剛剛會坐的大頭羅比，
那時候他沒有脖子，不會講話，個性也比較清純。

6 我在聽老歌。

張惠妹唱:「寫信告訴我,今天,海是什麼顏色……」

羅比在一旁跳著:「……給我看,給我看!」

我把手機裡的MV給他看,在海邊,張惠妹唱得撕心裂肺。

我:「你看,張惠妹好會唱。」

我也跟著唱,「寫信告訴我,今天,海是什麼顏色～」

羅比高舉雙手表示反對:「不用寫信!海,海就在她後面,她可以轉頭看!」

我笑出來:「唉呦,張惠妹很傷心嘛,她想要她喜歡的男生跟她說,今天海是什麼顏色的……」

羅比更怒了,他超大聲碎念:「不用問,海,海每天都是藍～色～的!」

＃寶寶尚未內建浪漫晶片

＃後來羅比又擔心地問我有沒有人寫信給張惠妹

＃他想寫信給張惠妹叫她轉頭看一下

＃寶寶很怕阿妹直到現在依然不知道海是什麼顏色

CHAPTER

2

總裁不是一日造成的，他只是沒喝孟婆湯
．．．

總裁的起源

這個篇章,主要是在講為什麼會老是把我的孩子稱作總裁的起源。
羅比開始會說話以後,常常露出一個老人講古的表情。

一開始,他是想要當醫生的。

我記得某天我們為羅比買了兩種玩具,一是醫生的聽診器、針筒跟溫度計。
另一個是小小高爾夫球桿。
他高興得不得了,抱著兩個玩具跑進家門。

羅比:「統統,統統,打開吧!」
我就像一個傳統的父母那般,循循善誘地說:「羅比,玩具一次只能選一個喔!你想一想,今天你想當醫生,還是打高爾夫球?」
羅比立馬反駁:「為,為,為什麼,醫生不能打高爾夫球!」

#他說得太對了

某次在網路上,我看到理科太太談育兒,她說她不讓別人隨便稱讚自己的小孩,因為那些特質都不是孩子自己努力得來的。

我如法炮製:「羅比,你過來。」
羅比:「怎,怎麼了?」
我:「媽媽跟你說,你不要一直等別人稱讚你,別人說什麼都不重要,你要自己覺得自己很棒,你聽懂了嗎?人生最重要的,就是你自己覺得自己很棒!」
羅比超級不以為然:「才不是這樣。」
我:「就是這樣,人生最重要就是你覺得自〜己〜很〜棒〜。」
羅比用一個專業醫生的角度,伸出一根手指,指正我:「媽媽,人,

人生最重要的是心～臟～！」

我：「什麼啦？」

羅比雙手一攤：「妳要是心臟破掉，妳還會覺得自己很棒嗎……連，連這個都不知道……」

後來，羅比開始喜歡當反派角色，某個晚上，他整晚都在把東西塞在他的褲子裡，說自己是小偷。在他褲襠裡的，全都是毒品。

我：「喂，你不要當小偷，你當銀行家啦。」

羅比：「我我我，我是銀行家，也是小偷！」

他說的，好像也是說得通。

帶羅比去百貨公司買鞋。

羅比堅決不試穿，好說歹說都沒有用。

店員小姐急了，便對他說：「這鞋子這麼漂亮，你為什麼不想試試看呢？」

羅比皺眉：「我，我這個人事情很多耶……」

前幾天跟同事吃飯，大夥兒還在笑著討論，要不要送羅比去給專門研究前世今生的老師看一看，說不定他上輩子真的是一個日理萬機、日進斗金的老闆。

同事大膽推測：「可能喔，羅比的前世先是醫術精湛的大醫生，賺了很多錢，後來才變成總裁……」

我：「就算發現他上輩子是大老闆，又怎麼樣呢？」

朋友說：「咦，說不定，他前世藏了很多黃金在某塊草地裡面，妳現在就可以趕快去挖啊……」

在羅比來到這個世界以前，我其實對於前世這種概念是半信半疑，直到現在也是，不過，偶爾聽聽總裁的教誨與指示，學習調整人生的方向，還算是一件有趣的事情。

基本上我是這樣想的。

羅比醫生

有一陣子，羅比以為自己是醫生，專治各種疑難雜症。

每次他都會雙手抱胸，眉頭一皺地問：「有，有，有什麼問題嗎？」
然後不管他說我咳嗽流感，還是頭痛，他的解法都是叫我：「快，快，快來抽鼻涕吧。」

之前帶著羅比去看皮膚科。

一進診間，羅比就跟醫生問：「等一下，你，你也是醫生嗎？」
醫生很和藹地回答：「對啊，那你的爸爸媽媽，哪一個是醫生？」

#也什麼也你這個孩子不要太囂張
#羅比以為自己是醫生但我不敢跟醫生講

· ·

如果說我從育兒這件事情中，有什麼心得的話，就是身為父母應該
不要總是配合小孩，偶爾也要讓他配合你的興趣、喜好，跟困難。

因此，這天我打算給羅比一個難題。

我從十個月前就開始間斷性的失眠，變成兩天只能睡一天的人類，
這件事情讓我覺得很煩惱。

羅比坐在他的小桌前準備問診：「妳好，有，有，有什麼問題嗎？」
我露出一張苦瓜臉：「醫生，我失眠了。」
羅比：「失眠，失失失眠，是什麼東西？」
我：「就是我都睡不著。」
羅比：「妳妳妳，妳睡不著嗎？」

我：「對，我想要哭。」

羅比：「那我來幫，幫幫，幫幫妳吧！」
我帶著蔡秋鳳的哭腔：「你覺得我是不是要打針？」
羅比：「不，不用打針吧。」
我：「那你覺得我要抽鼻涕嗎？」

羅比很罕見地拒絕了我：「不，不行抽鼻涕。」
我：「那我是不是要吃藥？」
羅比：「不要吃，吃什麼藥……」
我（雙手緊握羅比的肩膀猛搖）：「可是我都睡不著啊，醫生，你要救我。」
羅比看著我，又看看他手上的筆記本（上面全部都是亂塗的線條），陷入長考。

我突然覺得我把這個問題丟給羅比實在太過分了，芳齡兩歲的他看起來非常煩惱，我趕緊補充說明：「沒關係啦，媽媽有去看別的醫生，媽媽會吃藥，你不要擔心……」
羅比抬起頭看我，他指著自己的臉：「我，我就是醫生啊！」
我乖乖坐好，繼續醫生病人的遊戲。

羅比在他的本子上畫兩下，接著指著我的臉問：「睡覺，睡覺的時候，妳，妳有閉眼睛嗎？」
（這是什麼廢話！）
我翻了一下白眼，點點頭。
羅比又看看本子，接續問：「那妳，那妳有吃嘴嘴嗎？」
我呆住，接著搖搖頭。

羅比露出那種老醫生聽到荒謬的自然療法時才有的表情。
羅比：「哎，妳，妳，妳要吃嘴嘴啊！」
他趕忙跑到房間，奮力爬上床，拿了獅子造形的奶嘴出來，示範給我看。

羅比把眼睛用力地閉上:「這樣,妳,妳把,把眼睛,這樣閉起來……」

接著他把奶嘴塞到自己的嘴巴裡,猛吸給我看。

過了十秒鐘,羅比突然趴在地上:「我好累喔,好累……實在太累了。」

就這樣,看診結束,醫生很累直接跑去床上要睡了。

身為醫生的羅比掛著聽診器，正在練習打高爾夫球。

羅比陪診記

今天羅比陪我去醫院回診。
他表現得不錯，一直跳舞給候診的婆婆媽媽看，感覺就像鄧麗君當軍中情人那般稱職。

但我發現帶著寶寶要去驗尿其實滿難的。
首先，我得跟他兩人擠進一個小小的廁所隔間內。
接著我要開始排尿，取中段尿，然後把尿液裝進小紙杯裡，再把小紙杯的尿倒到試管中。

知易行難。

當我好不容易把羅比跟我塞進廁所隔間，正要脫褲子時，羅比開始評論：「喔呦，媽媽妳為什麼不穿尿布呢？」
（自以為穿尿布很時尚的兩歲幼童。）
我開始蹲著上廁所，上到一半，把小紙杯拿起來裝中段尿。此時，羅比不可置信地大叫：「妳做什麼？妳妳妳，妳要喝嗎？媽媽！尿尿，那是要沖掉的！喂喂喂，妳！妳！妳！不要裝！不要裝！」

羅比激動起來，就像立委衝到主席台一樣，開始一陣拉扯，搞得我滿手都是尿，我好不容易，把小紙杯的尿保護好，小心翼翼地倒進試管中，在旁邊觀察的羅比又說話了：「好髒！媽媽！我們走了啦，那個不好，不要裝了啦……」
我手忙腳亂，為了讓他稍微參與一下，我把試管交給羅比：「你幫我拿好喔……」
羅比卻在我轉身沖馬桶的時候，毅然決然地決定要把小管子一起丟到馬桶裡。
噗通。
「哇啊啊啊啊不要不要！」

母子之間又是一陣騷動。

走出廁所隔間時，我已無法面對旁人的眼光，我抓著羅比洗手。

羅比問：「為，為什麼要洗手？」

我：「因為剛剛在廁所那樣弄來弄去，髒兮兮的，一定要洗啊。」

羅比看著我一臉無奈：「媽媽，妳好像不會尿尿耶……」

旁人的眼光這時更強烈了。

當我終於把試管交給檢驗室的小姐時，羅比大聲發表他的觀後感想：「我的媽媽超噁心的。」

負責檢驗的小姐給他一張貼紙，羅比很滿意，終於安靜了下來。

候診的時間很漫長，羅比一直走來走去。

羅比：「媽媽，為為為什麼，還沒有到妳啊？」

我指著外面的所有等候的人，向他解釋：「因為，因為醫生要看好多人啊……」

羅比皺起眉頭：「那為為什麼，醫生看那麼慢啊？」

（羅比說「那麼」的時候有一種鄉音，會變成「喇摩」。）

旁邊的一個阿公笑著說：「以後你當醫生，你要看快一點喔。」

羅比露出「看清楚好嗎，本人早已經是醫生」的表情。

（還好他沒有說出來。）

在來回踱步的過程中，羅比接著發現，有好多個看診的房間，每個房間裡都坐著一個穿白袍的醫生。

他問：「媽媽，為為為什麼，有喇摩多醫生啊？」

我指著診間外的標示，向他說明：「因為每個醫生看的都不一樣啊，你看，有看心臟的，膀胱的，骨頭的，小兒科的……」

羅比：「心臟在喇離？」

我把羅比的耳朵靠在我的胸前：「你聽聽看，咚咚咚在跳的那個就是心臟。

羅比驚惶:「那醫生,醫生要怎麼看得到心臟啊?」
(不用真的用眼睛看啦～)

我:「反正那些醫生就是看不同的地方……」
羅比思考了一下,接著再問:「為為為什麼,醫生不會看全部啊?」
我覺得好笑,就小小聲地在他耳邊說:「只有像你這種密醫,才會看全部啊……」
沒想到羅比突然大聲叫:「為為為什麼,他們不去當密醫啊!」

#你這個密醫不要當街挑戰掛牌醫生好嗎
#我立馬決定打電話叫彼得來

看完醫生後,我們去逛超市。
我心情終於稍稍鬆懈下來。

在超市裡,我像個幼幼台主持人一樣對著羅比說:「羅比!哇～你看～這個超市這～麼～大～!」
羅比不置可否地看了我一眼。
我繼續誇張地表演著:「媽媽～好愛超市喔!羅比,你想一想,這～麼～大～的超市,這～麼～多～的東西在裡面,媽媽到底～最～喜歡什麼呢?」
他面無表情,眼睛看著地板,接著淡淡地回:「妳,最喜歡,冷氣吧。」

#好吧
#冷氣吹一下是滿好的
#被兒子直接說破我也就這樣吧

我有三個高中同學

不是都說孩子在小的時候，可能會有前世或是胎內記憶嗎？這件事我一開始是不信的，不過，這幾個月，羅比一直提到自己的高中同學。總共有三個，一個叫阿糾（很難念，有點像阿giu），一個叫阿基，一個叫賓斯頓（外國人嗎）。他常常提到自己跟這三個人一起打球。

我：「你們都在哪裡打球呢？」
羅比：「我，我們都在松江南京路口那裡啊……」
我：「那裡有籃球場嗎？那邊明明都是辦公大樓吧。」
羅比突然變成一個講古的臉：「妳不知道啦，那裡啊，以前，都是草地啦……」

#鄭成功的時候嗎

就我多次推敲的結果——阿糾是裡面比較窮的，阿基是壞脾氣的，賓斯頓倒是比較隨和。

羅比常常無緣無故就會說一些老人話，比如說：「我，我等一下跟賓斯頓去銀行領錢，要，要借阿糾，不能跟阿基講。」「阿基又生氣了，他什麼事都做了，他，他很敢。」「我跟賓斯頓都開BMW，阿糾沒錢，我，我們去載他。」

前陣子我們經過信義計畫區，看到一片空地，羅比突然叫道：「這裡，怎麼圍起來了？」

我：「這是A7啊，之後要蓋大樓吧……」
羅比莫名超激動，一副不能接受的樣子：「這，這個地是誰買的！A7，是，是誰買走的！」

#總裁你本來有標嗎

最好笑是剛剛羅比騎著滑步車要去公園，他突然在勞力士門口停下來，瞇著眼睛說：「這個錶，我戴太好看了！」

#總裁的品味好老

後記──

剛剛我跟羅比繼續聊松江南京的草地，他說：「你知道阿明嗎？」

我：「誰啊？」

羅比：「阿明呀，我跟賓斯頓的朋友，松江南京那邊的地，他，他有兩千多甲！」

#甲這個單位你從哪裡學來的

前世總裁

自從羅比說了自己有高中同學以後，這一陣子，我跟羅比說話，越是多問，越深深覺得他上輩子應該是營造業的大老闆……

證據一

某一次，在晚上講《三隻小豬》的故事時，羅比的結論就是三隻小豬都應該住他蓋的房子。
我：「可是豬小弟蓋得很堅固啊……」
羅比無奈搖頭：「但，但他蓋得太慢了……」

#老闆認為蓋太慢現金會周轉困難

證據二

過年期間我們常常坐車去外面兜風。
羅比坐在車子裡，眼睛一直看著窗外。

我：「你在看什麼？」
羅比皺著眉頭說：「這些，這些黃子，怎麼還是這麼舊呢？」
我：「有什麼關係？」
羅比：「大家應該，應該住新黃子！」

#叫羅比看風景他都在看都更案
#一到郊外就睡著

證據三

開車時我們經過大直。
彼得指著一個房子說：「聽說這個建案一坪要130萬……」
我覺得誇張：「哎唷！這太貴了吧！誰要買這麼貴的房子？」
此時本來在安全座椅上打瞌睡的羅比，突然毫無根據地激動起來。

羅比：「妳不要說太貴！沒有太貴！先去看看！」（馬景濤式的吼叫）

我：「……羅比，你有錢買喔？」

羅比露出很煩惱的臉說：「妳，妳要先看……不要先說貴！」

#我深深懷疑當年房價高漲就是前世總裁搞的

證據四

我很三八，接著問羅比說：「欸欸，你覺得將來要不要買房子給我住？」

羅比爽快允諾：「好啊！」

我：「要買幾間？」

羅比：「一間我住，一間，一間給爸爸媽媽住。」

我：「你不跟媽媽一起住嗎？」

羅比：「爸爸，爸爸跟妳住！」

我：「那爸爸會打呼怎麼辦？」

羅比露出很煩的臉：「黃子裡面，裡面還有好多黃間！」

#說得也是富人想得跟我不一樣

我好興奮：「那要買在哪一區？101嗎？還是新光三越旁邊？」

羅比想都沒多想，便給出了答案：「大安森林公顏。」

#營造老董給出肯定句
#這次居然完全沒結巴

證據五

電視上不知為何出現《賣火柴的小女孩》的動畫，我藉機講了這個故事給他聽，故事講到最後，我都快哭了……

我：「賣火柴的小女孩很可憐，她非常餓，非常冷，沒有人跟她買火柴，在街邊，她就點了一根火柴，在火光中，小女孩看見媽

媽⋯⋯」

羅比激動：「她為什麼，為什麼要玩，玩火！」

#安全第一是建商最重視的細節

還有兩個超細微的事情。

今天早上不知道是電視新聞還是廣告，講到周錫瑋要選新北市長。他的政見是──「周錫瑋讓新北站在世界中心，要讓新北市這次贏過台北市！」

羅比看著電視，聽到周錫瑋說一定要讓新北市比台北市更好時，發出一聲「哼」的冷笑（那個哼加上他的表情，真的很像建設公司說，「再等一百年吧！你這個呆子。」的不屑感，從一個兩歲孩子的嘴巴中跑出來時，我的背有一點冷汗）。

下午彼得在車上，這位雙魚座父親興高采烈地說：「羅比，你以後要是想要蓋房子，可以蓋在月球上喔，讓爸爸媽媽去住！」

前世總裁羅比再度冷哼一聲，撇過頭去，沒再接話。

後記──
對了，羅比最愛的歌是東區東區，難道這不可疑嗎？

#他每天都在唱東區東區拜託鼻要停
#該不會東區是房市的黃金戰區時老總開工儀式都在唱這首

還有一個老派行為,就是羅比深愛去廟裡拜拜喝平安茶,
他每個禮拜都吵著要去廟裡喝平安茶。

#你應該要喝孟婆湯
#拜拜的樣子也很像老人

親子海島遊記

宿霧。

人生第一次帶羅比出國，早上四點就起床，羅比只淡淡地表示：「天還沒亮，我累得要死。」
沒大哭也沒有特別反對，我覺得好感恩。

本來擔心他會在飛機上失控，沒想到羅比總裁還滿自在的，一上飛機我跟彼得居然不小心雙雙睡著，留他一個人壓著耳機看卡通，很像在作某個股市開盤的連線報導。

我隱隱約約聽到空姐走過來，要送他玩具，羅比居然婉拒說：「我，我爸爸說不可以，拿陌生人的東西！妳，妳下次再來！」
空姐：「弟弟你不要客氣……」
羅比：「我不是，不是客氣，是我爸爸還在睡……」

我只好趕快醒過來接下玩具，剛好迎上空姐露出你這小孩好奇怪的表情。

#下次再來是要哪一次
#一回生二回熟

從機場出來，我們搭乘小巴士去飯店。

途中經過一些風景。

我又開始比手畫腳drama起來：「羅比，你看，這些牆壁，都是彩色的！是不是，是不是很特別！」

羅比看著窗外：「特別，特別醜。」

#我哪裡惹到你了嗎

下午我們去沙灘堆沙，我提議跟羅比比賽。

我：「我們先來一人蓋一棟房子。」

羅比跟我對坐，他認真蓋好一棟細細長長的大樓，我也蓋好了。

接著我說：「為了讓房子可以賣出好價錢，我們在旁邊要作一點特別的建設。」

羅比：「建，建設是什麼？」

我：「就是在房子旁邊，蓋一個別的東西，讓大家很想花很多錢買你的房子來住！」

羅比點點頭。

我：「你好好想清楚，這是比賽喔，每個人都只能蓋一樣別的東西，只有一樣。」

我得意的在房子旁邊挖了一圈隧道，圍繞著我的建案。

我：「你看，我的房子旁邊有捷運！」

羅比看了一眼，自顧自的低頭堆著小丘。

我：「哈哈我好厲害，我的房子離捷運很近，房價會很高喔……」

羅比繼續低頭努力堆，不願評論。

我：「喂，羅比，不然你說說看，你的房子旁邊有什麼？」

羅比突然抬頭挺胸：「好了，我蓋，蓋好了！」

我：「這是什麼？」

他指著小沙丘驕傲地說：「護士山！」

#鼠溝以果然是前世總裁層次不同

第一次坐飛機的羅比，非常喜歡專屬的耳機，
整場都像 SNG 連線的記者。

#連富士山也可以建設出來
#我一介愚婦提什麼比賽蓋什麼白痴捷運宅

清晨，我們一起坐在飯店的陽台。
我坐左邊的椅子，他坐右邊。
傳來公雞的叫聲。
我：「羅比，你聽，公雞的叫聲！」
羅比：「那，那是公雞，的笑聲嗎？」
我覺得笑聲也對，便附和：「對啊，公雞在笑。」
羅比追問：「公雞，公雞那樣笑，會使人融化嗎？」
我：「什麼使人融化？你去哪裡學到這個？」
羅比聳聳肩嚼著牛奶糖：「電視上的牙膏，說笑會使人，使人融化！」

#媽媽無言

另一天的清晨，我是家裡最早起床的，我穿著睡衣，坐在陽台，吹風。這時羅比跑了過來。

羅比：「嗨，媽媽！」
羅比一絲不掛。
我：「你！你怎麼沒穿衣服！」
他煞有介事地抓著掛在身上的護身符說：「我，我有穿平安湖！」

承上。
羅比害羞表示：「我，我尿床了。」
我：「啊？」
光著身體的他趕緊安慰我：「沒關係啦，全部都尿在換店的床上喔！」

#尿好尿滿
#您真內行

我們在咖啡廳裡喝飲料。

我問:「羅比,你是哪裡人?」

羅比:「香港人。」

我:「不是啦,你是台灣人!」

羅比堅持:「我就是香港人!」

我:「你爸爸媽媽都是台灣人,你怎麼會是香港人?」

羅比:「我是香港的,香港的老太太,快點,給我吃豆沙包!」

#莫名其妙的老太太

#我要去哪裡生豆沙包

#香港老太太真難伺候

因為彼得忘東忘西,我們只好在電梯裡面等他。

他一跑進來,我就說:「你真的很白痴耶……」

羅比聽到我這樣說,便跟著講:「真的是白痴……」

彼得瞪了我一眼,我也覺得超抱歉。

接著彼得開始教育我們兩個——

彼得:「不可以喔,不可以說別人是白痴!來,媽媽打一下手,羅比也要打一下……」

彼得打了我們一人一下。

羅比很不服氣。

電梯門開了,我們沉默地走出門。

彼得還想要讓我們繼續反省,便說:「怎麼樣,羅比,你要不要說說看,剛剛發生什麼事?」

羅比雙手舉高,對空揮拳,眼眶中有黃花崗烈士的不滿:「……白痴打我們!」

#彼得傻眼

因為是我亂說話,我趕緊跟羅比曉以大義。

我：「羅比，我們不可以說別人是白痴。」

羅比：「為，為什麼？」

我：「因為……因為如果那個人，真的是白痴，你罵他白痴，他會很傷心……」

羅比看向彼得，眼神突然充滿同情。

彼得看情勢不對，趕緊補充：「如果那個人不是白痴，你罵他白痴，他就會生氣打你喔……」

羅比這下更氣了，他大聲喊：「白痴，白痴也不可以壞脾氣！」

 # 教育好難

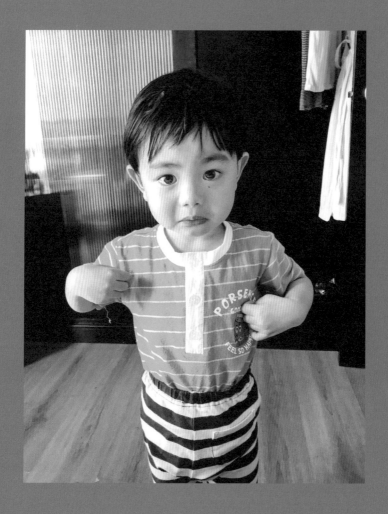

圖為羅比隔天回憶白痴風波時，
想到當時被爸爸打了，不禁淚從中來。

總裁連作夢的時候都沒有停下來

夜半，羅比好不容易才睡著，我跟彼得在黑暗中，享受一下終於到來的寧靜。

結果這個小朋友，不知道是作了什麼夢，突然坐起來，閉著眼睛說：「統統來開會，不要讓我等！」

然後倒下繼續睡……

#我跟彼得相視無言
#這是夢話還是真的要開什麼會我忘記去了

. . . .

在家沒事的時候，我發明了一個基地遊戲。
遊戲規則是把一隻狗狗娃娃放在客廳，我跟羅比從兩個不同的房間跑出來，拿著泡泡槍，激烈槍戰，看誰先找到狗狗，跑回自己的基地就贏。

玩了幾回後，羅比提議：「媽媽！我們，我們這樣玩！」
我：「怎樣玩？」
羅比：「狗狗，狗狗放我的基地，然後妳過來，偷狗狗，我就把妳射死！」
我：「那我要拿槍嗎？」
羅比：「妳不能拿槍。」
我：「為什麼？」
羅比：「這樣我比較，比較安全！」
我：「這樣又不公平。」
羅比：「不用，不用堅持公平……」

我：「可是這樣又不好玩……」

羅比：「不用，不用好玩！」

我：「那是要怎樣？」

羅比：「只要，只要我贏！」

#公平才不重要安全的贏最重要

#莊家全拿最好玩

#總裁獅子心

. . . .

我跟羅比躺在床上唱歌。

我：「我有一隻小毛驢，我從來也不騎……有一天我心血來潮，騎著去趕集……」

羅比：「我手裡拿著小名片，我心裡真得意！」

我停下來：「等一下，是小皮鞭。」

羅比堅持：「是名片。」

我：「他騎小毛驢當然是拿皮鞭，拿名片幹嘛？」

羅比：「我就是要拿名片，心裡，才會得意！」

#好吧

#總裁拿皮鞭是有點限制級

妳不要問這個貴不貴

每次都會聽到別人說，這個孩子像妳，或是這個孩子像爸爸，我都會在心裡滿確定羅比像的人只有他自己的前世而已。

有天羅比要買個什麼東西，我問羅比：「這個貴不貴？」

羅比說：「妳不要問這個……」

我：「那我要問什麼？」

羅比回答：「妳要問，我有不有很多錢？我，我為什麼沒有很多錢！」

#有錢人想得跟你不一樣

#我想起來他要買什麼了他要買星巴克的果汁

. . . .

不是小朋友都很喜歡在走道上擋住人，然後要求別人不能過去，要有通行卡這類的嗎？羅比最近也流行這樣。

一大早我就看到羅比在走廊上擋住彼得，要他出示通行證，把卡片拿出來嗶嗶一下才能過。

羅比：「請who通行費，請who錢。」

彼得宣稱：「喔喔，知道了，不過我的卡，內建在我的臉裡面……」

羅比不耐：「你，你快點who錢，要過就要who錢！」

彼得重申：「我有錢啊，只是我的卡片是內建晶片，設在我的臉裡。」

彼得把臉湊到羅比的眼睛前面，準備要嗶嗶。

然後……彼得大叫一聲。

我問：「怎麼了？」

彼得：「我被羅比咬了。」

#如果這不是活該我不知道什麼是活該

彼得去打球，我跟羅比留在家裡。

我提議：「羅比，要不要再吃點水果？這個很天然耶。」

羅比感慨地搖搖頭：「我，我之前都聽說，以後就沒有什麼天然的東西，結果，結果還是有！」

 # 總裁你到底是說多久之前

. . . .

我其實有點想不起來，從什麼時候開始叫羅比總裁這個稱號，可能是有一陣子他很熱衷建案，也有可能是他講話的樣子很老派。

像是有天，羅比想不出來自己到底要去親子館玩還是留在家裡玩。

我跟他說：「哪有人想這麼久，你趕快做個決定！」

羅比回：「那，妳先做決定！」

我：「真的嗎？羅比，你的意思是我可以幫你做決定是不是？」

羅比：「妳，妳先做一些決定，我來看一下妳的決定，我再決定。」

 # 總裁都這樣不喜歡你就回家吃自己吧

後記——

講到總裁我還要講另一個事情。

有天下午去逛街買衣服，彼得試穿了很多件，跑出來照鏡子，順便問羅比好不好看。

羅比給了一個總裁式的回答：「你穿得像員工，就很好看。」

 # 總裁心裡話

我什麼時候上台

羅比宣稱他有三個高中同學會一起打球後,家裡的親戚時不時就會問他:「羅比,啊你的高中同學咧?」

羅比每次的回答都有點耐人尋味。

比如說,他會說:「賓斯頓喔,現在,全家搬去加拿大了啦……」
還有我發現阿基,那個脾氣很壞的阿基,羅比說他都從板橋來,顯然住板橋。
羅比老氣橫秋地補充:「阿基的兒子(還是孫子我忘了),現在是議員啦,大家喔,都叫他林議員。」

#誰啦
#板橋的林阿基阿伯聽到請回答
#你才三歲不要講話這麼老派

撇開前世記憶,羅比也是一直甩不掉總裁的感覺。
比如說,每次我們經過一些活動表演,羅比總是瞇著眼睛看著舞台,他都不會說,「我好想上台喔,媽媽我可不可以上台啊。」這類的話。
羅比都一副總裁臉,人才一到現場,就會老氣橫秋直接問:「我,我什麼時候上台?」

#誰說你可以上台
#我是你祕書嗎我哪知道

· ·

前幾天阿孃家的膠帶台不見了。

阿嬤打電話來，問羅比：「是不是你亂拿阿公的膠帶台？你放去哪裡了？」

羅比：「我，我沒有拿。」

阿嬤：「你趕快想一想，你玩膠帶，沒有放回原來的地方，現在要用膠帶，大家都找不到。」

掛掉電話後，我們嚴刑逼供了羅比一陣子：「你到底把膠帶台放去哪裡？」

羅比怎麼樣都想不起來。

過了一下，阿嬤又打電話來：「唉呦，拍謝，阿嬤找到了，是姑姑拿到廚房去的，不是你啦，拍謝，阿嬤該打，阿嬤跟你道歉，姑姑也跟你道歉……」

羅比默默聽著電話。

阿嬤接著說：「好啦，阿嬤該打屁股，阿嬤跟你說了對不起，現在，你要說什麼？」

我在一旁用口形暗示羅比：「說，沒～關～係～」

沒想到羅比立馬對著電話另一頭的阿嬤說：「我，我現在就去找棍子！」

#只有懦夫對不起後面是接沒關係

#誤解總裁代價高

. . . .

跟羅比一起蓋積木。

羅比擦汗：「好了，黃，黃子蓋好了。」

我興奮：「耶，太好了，我們終於蓋好房子了，接下來要蓋什麼？蓋火箭好不好？」

羅比總裁突然怒起來說教：「黃，黃子蓋好，接下來還，還要蓋水管，蓋停車場！」

我:「喔,是喔……」

羅比不爽地碎念我:「蓋,蓋什麼火箭……誰要蓋火箭……」

#很難相處
#總裁表示停車位一個三百萬火箭能營利嗎你這個呆子

. . . .

帶羅比去親子館玩。

幾個不認識的,年紀相仿的小朋友在同一區,一起拿著布娃娃玩角色扮演。

拿著小狗的小女孩說:「救命,我家在森林,我迷路了。」

另外一個拿著小兔子的小女孩說:「我家在一個大～城堡,我也迷路了,請幫幫我。」

眾人的目光落在拿著一隻小熊的羅比。

羅比緩緩說:「我,我家在南京西路,我,我不知道你在說什麼,我沒有,沒有辦法幫你。」

#篤定
#西區人不打誑語
#住什麼森林快來住市區
#總裁放下布偶立刻投入賣地瓜

總裁放下布偶立刻套上原住民服裝投入餐廳事業。

我就是因為收玩具才死的

跟羅比講一個動物的故事。

我：「羅比，你看，這是北極熊。」

羅比：「北極熊是什麼？」

我：「北極熊是一種很高大的熊，牠的毛是白色的，有三百公分那麼高，你看，書上說，北極熊住在冰湖，牠喜歡吃鮭魚，可是全球暖化，牠越來越瘦，快要死掉了……」

羅比話鋒一轉：「阿嬤，阿嬤上次帶我去百貨公司吃迴轉壽司，那裡也，也有鮭魚……」

我：「啊？」

羅比：「下次，我去吃迴轉壽司的時候，可以約北極熊來！」

我：「可是北極熊不會用筷子……」

羅比：「牠可以，可以用手，我也是用手吃壽司。」

我大驚：「可是，北極熊住在阿拉斯加的海那邊耶……」

羅比：「我，我們是吃海壽司！」

我：「可是……」

羅比伸出一根手指指著我：「妳，不要再可是了。」

#總裁最討厭可是開頭的句子

#擺一桌叫你來就來

#北極熊也不例外

羅比跟我玩一玩，玩到吵架。

羅比：「媽媽，媽媽壞壞！」

我：「那你想怎樣？」

羅比頭一扭，往房間走去。

我：「喂，你要去告狀喔？」

羅比：「我要，我要去報案！那個黃間是，是警察局！」

我眼睜睜看著羅比走進臥房，然後聽到他講：「爸～爸～我跟你說，

媽媽很壞！」

我跑到房間裡去，嘲笑羅比：「欸，你不是說要報案嗎？結果你還是叫他爸爸啊？」

羅比挺起胸膛：「我爸爸就是警察，不，不行嗎！」

 # 好吧我怕了
 # 爸爸的確是警察上次還抓你超速
 # 官商勾結

昨天我慎重地跟羅比說：「這是最後一次，媽媽幫你收玩具。下次你不收玩具，我就把你的玩具丟掉。」

羅比不高興：「妳，妳不可以這樣講。」

我：「我是認真的，你要自己收玩具。」

羅比抽了一張便條紙：「那，我，我要把妳寫下來。」

我：「什麼？」

羅比拿著一隻筆在紙上亂畫一通。

羅比：「我記下來，把妳剛剛說的，記下來。」

我：「你在紙上寫什麼？」

羅比：「我，我是主角，媽媽是壞人，妳，妳會把我害死。」

我：「什麼東西把你害死？」

羅比：「我，我就是，因為收玩具才，才死的。」

 # 死因好不明

我在看一本書，跟邏輯思辨有關的。

那個書的封面很詭異，這時羅比剛好經過，硬是要我講書的故事給他聽。

我：「羅比，你看，這本書，上面有一個惡魔。」

羅比仔細地看著書的封面。

我：「這個惡魔肚子很餓，他到一個壽司店去，壽司店就包了壽司給他吃，但壽司上面有人，這些人躺在壽司上，哭著說，哇哇哇，親

愛的惡魔，求求你不要吃我。」

羅比認真看著圖片。

我：「你說說看，這個惡魔，他真的很餓，而且這些人也不是他抓起來放在壽司上面的，他到底應不應該吃人呢？」

羅比提出問題：「惡魔，有，有 who 錢了嗎？」

我：「有吧。」

羅比：「那，他就可以吃啊。」

（金牛座只在乎自己有沒有付錢！）

我：「可是那些人很可憐，他們很害怕……」

羅比：「他，他還是可以吃那個飯，還有……」

我：「還有什麼？」

羅比：「還有海苔！」

#千萬別忘了吃海苔
#總裁什麼都吃就是不吃虧

志明是賣黃金的，妳應該嫁給他

關於前世記憶，還有這一個。

跟羅比跑去坐捷運，我們坐了藍線跟綠線，在搭乘的中途，羅比堅持要我仔細聽，他說藍線的列車，比起綠線，會在啟動跟停靠時，發出比較大的聲音。

我：「應該是剎車的時候，司機踩得比較用力喔……」

總裁反對我的說法：「是，是車子變老了，輪子要塗多一點油，才不會嘰嘰叫……」

我讚歎起來：「挖，你怎麼知道列車要上油這個事情？」

羅比：「爸爸跟我說的。」

我：「你爸爸有這麼聰明喔？」

羅比黯然：「單藍不是現在的爸爸，是，是我以前的爸爸，他……很聰明……」

#故人已遠去
#典範在夙昔

除了講到以前的爸爸以外，羅比偶爾還是會在聊天的時候，冒出很前世的事情。

像是昨天晚上睡覺之前，全家躺在床上，羅比突然說：「媽媽，我覺得妳應該換一個老公……」

彼得跟我都張大眼睛。

我：「那，你覺得，應該要換誰當我的老公呢？」

羅比：「像，像是我的高中同學，他叫做志明……」

我：「你又有高中同學了！」

羅比點點頭，他伸出手指開始唱名：「對啊，有阿糾，阿基，賓斯頓，阿民，還有志明。」

我:「那你覺得志明最適合我嗎?」

羅比:「對,志明,人是滿好的。」

我:「是喔?那請問一下,志明他是做什麼工作的?」

羅比:「他,他是賣黃金的。有時候,他也買黃金……」

我跟彼得對看,覺得這到底是哪來的黃金高中同學。

羅比不好意思笑了笑,他接著補充:「志明買黃金的時候,我也跟著買……」

我滿滿的睡意一下子全都沒有了,坐起來追問:「那羅比,你覺得志明,他當老公的話,對我有什麼好?」

在黑暗中,總裁給出肯定句:「他這個人,就是你,你要什麼,他都會說好。」

#就是這點最好

#志明您在哪裡我帶長工彼得一起嫁過去喔

有好一陣子總裁都不穿褲子，背著背包就說要去找高中同學打球。
他的高中同學中，其中一位是賣黃金的志明。

不可錯過，總裁人生指南

絕不進行任何協商

我認識彼得的時候,他十六歲,我也十六歲。

然後我們一起長大,一起投票,一起戀愛,他跟女朋友吵架的時候,我也跟男朋友吵架。從穿校服到穿婚紗,很多事情都是一起的。

從青少年時期就認識彼此,有一個好處,就是一旦發生什麼不愉快,都是用單純的小孩的方式解決問題——兩個人先是以互瞪開始,過程中可能互不相理,使用暴力推擠,但最後就是坐在一起看電視,一言不發吃個冰淇淋。

彼得曾是我的男友,幾年前變成我的先生,我們有一個兒子,名叫羅比。隨著羅比慢慢長大,我不得不說他越來越精通協商的技巧了,而我從這個剛滿九十公分的幼兒身上學到的技巧就是——

當別人要求你開始協商的時候,你要想到一個辦法「絕不進行任何協商」,並且「讓對方盡快明白我個人不進行協商的決心」,這兩者缺一不可。

舉例說明:

周末的時候,羅比想要去兒童新樂園玩,但彼得跟我不是很想去。
羅比:「我,我們要去兒童新樂園……」
彼得:「不要啦,外面很熱……」
羅比逐漸加強語氣:「我,我們現在要去兒童新樂園!現在,或是下午!」
我:「不然改天去好不好?」
羅比彈跳起來,用一種rap的方式表示自己的意願:「兒,兒童新樂園,兒,兒,兒童新樂園!」

彼得：「羅比，我跟你說，你想一想，有沒有其他備案？如果我們不去兒童新樂園，我們還可以去哪裡？」

我跟著附和：「對，羅比，你已經長大了，不能只給出一個選項，就要大家聽你的，你也要有別的讓大家選啊，你好好想看看，除了兒童新樂園，還有什麼地方，是羅比想去的地方……」

羅比安靜下來。

他左思右想：「……不然，去日本！」

全家傻眼。

羅比伸出兩根手指頭大叫：「一，兒童新樂園，二，日本；今天！決定！快點！」

有時候我覺得，彼得、羅比跟我，我們三個人，就像一家小公司，超小型的非營利組織，彼得是我的同伴，而羅比，則是從天而降的老闆。我跟彼得雖然白手起家，卻是兩個忠誠度很高的員工，沒日沒夜地工作，都沒有薪水可以領。那天，我們果真追隨總裁的腳步，如他所願，去了兒童新樂園。

地主就是最重要的人！

去親子館，順路去看房子時，羅比對著屋主說：「你，你是地主戶嗎？」

屋主傻眼：「你連地主戶都知道喔？」

羅比：「媽媽，常常說她是地主戶，我當然知道！」

我尷尬問羅比：「那你知道地主是什麼嗎？」

羅比堅定表示：「地主就是最重要的人！」

 # 總裁好懂

承上，開車路過一個建案，我跟彼得聊天，被羅比聽到了。

羅比：「媽媽，什麼是夠夠宅？」

我：「是共構宅啦，喔喔，總裁，這個你不知道嗎？」

羅比搖搖頭。

我嘲笑他：「我還以為房子的事情你統統都知道咧，難得有你不知道的事情……」

羅比：「到底，什，什麼是夠夠宅？」

我：「共構宅就是一棟大樓，下面就是捷運站，這種就叫做捷運共構宅。我跟你講，這種共構宅，都賣超貴的。羅比居然默默地把這件事放在心裡面。」

好幾天以後，他很隆重地跟我說：「我，我們家，是『些奔以咧本』夠夠宅。」

我：「7-11不算啦……」

從那天開始，羅比看到每棟樓，都會抓住機會大聲表示：「這是銀行夠夠宅！這是星巴克夠夠宅！這是滷肉飯夠夠宅！」

 # 為了提高價格總裁不遺餘力推出各式夠夠宅

有天彼得跟我閒聊。

彼得:「妳知道昆凌送周杰倫的生日禮物是什麼嗎?」

我:「是什麼?」

彼得:「一台藍寶堅尼!喔,我也想要有藍寶堅尼……」

我看著彼得露出羨慕的眼光,便有點不滿。

我:「羅比,我跟你說,爸爸這樣是不對的,不是很貴的東西,就一定很好,只喜歡很貴的東西是不好的。」

羅比愛爸爸至深,立刻變成爸爸的護衛隊。

羅比:「很貴的,就是很好!黃子車子都是要貴!」

我:「才不是這樣,我不相信這種事情,便宜的也有好東西。」

羅比面紅耳赤:「不,不然妳不要回家!」

我:「我為什麼不能回家?」

羅比:「妳,妳可以去住蟑螂屋,寶雅有賣,一個十元!」

 # 建商羅比覺得不爽

幾天後,建商羅比跟我宣布他要蓋房子給大家住。

我:「那很好啊,你要蓋什麼樣的房子?有什麼公設?」

羅比:「公設,公設是什麼?」

我:「就是住在大樓裡的人都能用的設施啊,像是健身房、圖書館、會議室這種,我跟你講,很多好公設就會有很多人想要住,你的大樓公設會是什麼?」

羅比:「……我的公,公設是公雞!一人一隻!」

我:「什麼啦?別人的公設都是游泳池,你為什麼是公雞?」

羅比:「因為這樣,早上公雞就會叫他起床!」

我:「我覺得這個公設沒有很好。」

羅比:「公,公雞是最好的!」

我:「為什麼?別的大樓有游泳池就可以玩,有圖書館就可以讀書,你有公雞有什麼好?」

羅比插腰跺腳:「早,早點起來,才有時間!」

 # 總裁買房送時間　# 果然無價　# 萬事俱備只欠公雞

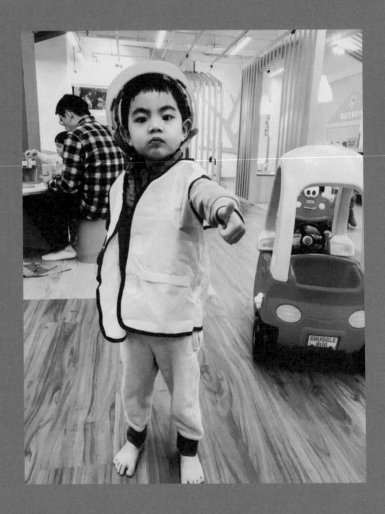

照片是建商羅比本日在工地動土開工了，
那眼神與氣勢連我看了都有點尊敬。

下次，妳會輸得剛剛好而已

羅比一天一天地長大了，我也在這個過程中，看到他漸漸變成一個個性有點卑鄙的人，覺得好好笑。

舉例來說，有一天彼得咚地彈到沙發上，我們兩個人看了一陣子電視，才覺得空氣裡有不尋常的味道。
我：「咦，你坐在這裡，我也坐在這裡，家裡這麼安靜，羅比呢？」
彼得說：「對耶，羅比咧？」
我們叫了幾聲，都沒有人回答，循線找到臥室，羅比坐在黑黑的房間裡，我把燈打開，看見他坐在角落，包裝已經被撕開，他正在吃滿地都是的草莓泡芙。

#以前我阿公得了糖尿病
#也是這樣躲起來吃湯圓的

羅比最近熱愛玩牌。一開始是寶可夢卡，這是因為去兒童診所，乖乖沒哭得到獎品。
玩的時候，羅比會大喊，「寶可夢，出來戰鬥吧！」
然後我們就一人丟一張卡，看誰的分數比較高，誰就贏。羅比愛死了這些卡，愛到他會在晚上，自己提議要去抽鼻涕。吃藥也變得超積極的，簡直判若兩人。

前幾天羅比要出門看診前，還很瀟灑地走過來跟我說：「媽媽，我去抽鼻涕，妳，妳要不要買什麼？」

#還給我站三七步你這個鼻涕男耍什麼帥

後來我們又買了撲克牌，玩比大小，每天早上，羅比睡醒，我們都先玩幾場牌，才去上學。

（咦，這樣直接說出來社會局會不會抓我。）

總裁為了贏，變得很卑鄙，他會自己很熱情自願要發牌，然後毫不掩飾地在我面前直接看牌，把比較差的牌發給我。

我抱怨：「羅比，你不可以這樣啊，你不可以先看牌，才決定要給我什麼牌！」

此時總裁用一個很睥睨的眼神看著我，接著說：「我當然，可以看！誰叫，誰叫我就是花牌的人！」

 # 怎麼辦全世界的總裁會不會都是先看牌再花牌

我因為總裁先看牌後花牌的方式，連續輸了好幾場，我倒在床上抗議：「我不要玩了，我一直輸！」

羅比皺眉：「媽媽，妳，妳為什麼不玩？」

我：「你都不懂，你讓別人一直輸，別人就不會想要跟你玩了……」

羅比：「我懂了，我，我答應妳，等一下會花給妳擠較好的牌！」

我立馬坐起來：「真的嗎？那我會贏嗎？」

羅比撇撇嘴：「我，我答應妳，下次妳不會輸那麼多，下次，妳會，妳會輸得剛剛好而已。」

 # 總裁你給不給勞工一口飯吃
 # 不只讓你輸
 # 輸多輸少也是資方可以控制的喔

總裁先看牌後發牌，正在大贏特贏中。

阿公，你長大以後想做什麼？

前幾天，我在新聞上一看到信義計畫區的A7，即將蓋成SKY Tower的新聞。
那時總裁跟我正在百貨公司的樂高區玩積木，我一邊看新聞，一邊趕緊跟羅比總裁報告。

我：「羅比羅比！」
羅比：「怎麼了？」
我：「我們之前在信義計畫區，都有經過一個空地，你記得嗎？」
羅比頭也不抬，他沉著臉說：「妳是說A7嗎？」

#每次問羅比中午在學校吃什麼他都記不得
#關於信義區地目倒是記了兩輩子

我點點頭：「對啊對啊，我跟你說，媽媽在新聞上看到，A7要開始蓋房子了。」
這個話題引起了總裁的興趣，羅比眉毛一抬：「要，要蓋什麼黃子？」
我趕快打開網路新聞查看：「文章說A7要蓋成46層的雙塔摩天大樓！哇，裡面有兩間飯店……」
總裁打斷我，冷靜地問：「有不有百貨公司？」
我：「有有有，也有百貨公司。嗯嗯，這樣信義計畫區有A4，A6，A7，A9，A11，還有微風，阪急，統統都是百貨公司！」

羅比這時候把積木改了方向，他做了一個正方形的區塊，裡面很像迷宮。

羅比語重心長：「信義計畫區，應該要，要盡量，很多入口，很少出口。」

我:「你在說什麼?」
總裁:「你去跟他講,A7可以有很多入口,很少出口,現在沒有這樣蓋……」

#我去跟誰講

我:「不過,其實信義計畫區的新光三越,現在的那些百貨公司也很好啊。」
總裁搖頭,他揮舞著自己的樂高解釋:「現在,太容易走到外面……出口太多!要入口多,出口少!」
我:「羅比,你是在煩惱現在信義區的新光三越生意會不好嗎?」
總裁嘆了一口氣,他憂國憂民地吐出三個字:「那單籃。」

#帥哥你哪位輪不到你煩惱這種事
#而且你自己現在明明就在新光三越裡玩啊
#旁邊別的媽媽都在憋著笑

後記——
講到這裡我就想到某天,羅比的阿公笑著跟我說:「你知道嗎?羅比今天跑來我書房說,阿公,我們聊聊吧。」
我:「是嗎?」
阿公:「我說好啊,那你想要聊什麼?」
結果羅比問我,「唉,阿公,你長大以後想要做什麼?你想清楚了沒有?」

#也是憂國憂民臉
#這也輪不到你問吧

羅比與阿公的關係撲朔迷離。
最近阿公都叫羅比大哥，羅比叫他小弟。

員工下班以後要陪我上床睡覺

英雄不怕出身低，總裁羅比今天設定自己是地攤老闆。他特地拿了一個計算機，把攤位擺在客廳中間，賣一些家用品。

羅比:「來喔來喔，來買東西喔。」

我:「老闆你好。」

羅比:「妳好。」

我:「老闆，你有賣什麼？」

羅比拿了一個小布包:「這個，妳拿回家煮。」

我:這是什麼？

羅比專業表示:「回家先，先冰起來，要煮的時候再放進湯裡，很美味⋯⋯」

彼得跟著拿了一個小被子。

彼得:「老闆，那我要買這個。」

羅比:「好，七十八元。」

彼得:「那老闆，我買的這個要怎麼煮？」

羅比看著彼得，雙眼灼灼，露出你這個呆子是哪來的表情。

羅比:「爸爸，這是被子啊！給小朋友蓋的，不能煮！」

#彼得天天都被嗆好玩的

我跟在彼得後面排隊，拿起另一個枕頭。

我:「老闆，我還要買這個枕頭，多少錢？」

羅比按了一下電子計算機說:「三萬七千元！」

我反駁:「欸，老闆，怎麼這麼貴？明明你剛剛賣的被子才七十八元！」

羅比:「這個，這個枕頭不一樣⋯⋯」

我:「哪裡不一樣？」

羅比拿起枕頭，絲毫不畏懼地對上我的臉說:「這個枕頭，是真的長

頸鹿做的！」

#嚇
#接著羅比說三萬七已經是打一萬折了

我繼續跟羅比殺價：「老闆，可不可以算我便宜？」
羅比：「為什麼？」
我苦情表示：「嗚嗚嗚，因為我沒有錢……」
羅比覺得很討厭，他對著我揮手：「那妳快去賺錢，走走走！」

我死纏爛打繼續殺價：「老闆，拜託啦，今天可不可以打折？」
羅比：「我～為什麼今天要打折？」
我：「因為……因為老闆今天生日，心情很好。」
羅比再度怒瞪我：「那，那妳為什麼沒有買蛋糕給我？」

#sorry

繼續購物中。
我：「老闆，這個被子有別的顏色嗎？」
羅比：「這個黃色很好，最，最後一條了。」
我：「可是我不喜歡黃色。」
羅比話鋒一轉：「誰，誰要蓋的？」
我：「什麼？」
羅比：「這個被子，是誰要，要蓋？」
我：「喔喔，我要買給我的寶寶。」
羅比：「那，那妳不用喜歡黃色，因為寶寶都喜歡黃色！」

#寶寶你說得太有道理了
#超級銷售員

羅比自認生意太好，忙不過來，指定彼得當他的店員。他叫店員去

房間多拿一點東西出來賣，而我繼續當客人。

我：「老闆，還有什麼東西可以買？」
羅比東看西看，拿起彼得的手機：「這個……手機，妳要不要買？」
我拿起手機：「可是，這個手機不是你的店員的嗎？」
羅比：「對……是，是他的。」
我：「那怎麼可以賣？」
羅比小聲說明：「他，他已經不在這裡上班了，妳可以買，算妳便宜。」

#總裁好無良
#無奸不商

彼得拿了一些衣服走出來給羅比賣。
我指著彼得，問羅比：「喂，老闆！」
羅比：「怎，怎麼了？」
我：「……為什麼你的員工長得這麼像你爸？」
羅比嘻嘻笑：「嗯嗯，剛，剛好，滿像的。」

#只是剛好

玩到最後羅比很累了。
他對著彼得說：「欸，員工！下班了！來，來抱我！」
我笑出來：「老闆，你的員工還要負責抱你喔？」
羅比一臉理直氣壯：「對！員工，員工現在要陪我上床睡覺！」

#只有我覺得這句話很不合適嗎
#但員工馬上就把老闆抱上床了
#還殷勤地幫老闆擦腳跟脫褲子呢

從基層做起

之前曾經帶著羅比去看過一些房子，羅比下午不睡覺，說他要介紹房子。

我：「你要當房仲嗎？」

羅比：「你，先看看，先看看喜不喜歡⋯⋯」

（哎唷，很會哦！）

於是羅比開始他的房仲事業。

他一邊在家裡介紹，一邊擺弄姿勢，非常專業的樣子⋯⋯

一開始羅比很流暢地介紹格局。

羅比：「這裡，是客廳。」

我：「喔喔。」

羅比：「這是後陽台。」

我：「喔喔。」

羅比：「有兩個房間，妳要先，先看哪一間？」

我：「你推薦哪一間？」

羅比：「這一間好了。」

我：「為什麼？」

羅比：「因為妳，妳都睡這間⋯⋯」

我本來百般無聊，但羅比介紹房子的話術實在非常好笑，他越是努力想要講，就講出越可笑的句子。

羅比：「來，來，我幫你，開門。」

我：「謝謝。」

羅比：「這是廚黃。」

（台灣國語的房仲真可愛。）

我：「廚房有什麼？」

羅比被我搞得很緊張，趕緊說：「這裡有，有冰箱，這個冰箱，下面這層比較熱，上面比較冰⋯⋯」

#這個房仲介紹得真詳細
#還特地打開冰箱給我看

接著是後陽台。

羅比：「這是後陽台⋯⋯」
羅比很有禮貌地幫我開門，示意讓我先走。
羅比：「⋯⋯有洗衣機，還有衣架⋯⋯衣架妳要看一下嗎？」
我：「謝謝你特別介紹衣架。」
羅比害羞微笑：「衣架很多，慢慢看⋯⋯還⋯⋯排得滿整齊的⋯⋯」

我一直憋笑，後來實在忍不住，因為羅比連後陽台的門都介紹了。
羅比：「小心，小心這個門！」
我：「為什麼？」
羅比：「因為⋯⋯上，上次我開的時候夾到腳，我就哭了。」

#房仲可以隨便哭嗎

我：「我想看一下廁所。」
羅比：「廁所喔，這裡也有⋯⋯」
（這一定要有吧！）
羅比走到廁所，超努力爬上櫃子替我開燈，他一邊強調：「這個，這個廁所不錯，我們的廁所，有一個馬桶。」
（難道廁所有三個馬桶嗎？）

我：「馬桶是什麼牌子的？」
羅比聽不懂牌子，他扶著馬桶趕緊補充：「馬桶，馬桶沒有牌子，但是有，有蓋子，妳可以這樣打開，也可以這樣關起來⋯⋯」

#哈哈哈哈幽默欸你這個小矮子

接著參觀另一個房間。
羅比:「這間房間,有床。」
我問:「床上怎麼有一個人躺著?」
羅比:「喔,他是我爸。」

#這樣帶看可以嗎
#羅比還順便介紹說他在睡覺

參觀到最後,我故作無聊說:「我覺得這間房子還好,我想走了。」
羅比加快腳步殷勤說明:「客廳,客廳裡還可以搭帳棚喔,妳要不要一起玩?」
(不要⋯⋯)

羅比跑到後方拉開窗簾:「好亮⋯⋯我們這是陽光宅!」
我:「你居然會講陽光宅!」
羅比:「我是,我是,陽光宅男。」

#還拍了一下胸脯
#聽太多周杰倫的孩子

我:「我看好了,我要走了。」
羅比:「⋯⋯那妳要喝水嗎?」
我搖搖頭。

羅比:「那我喝這瓶,啊⋯⋯我打不開,那,妳可以幫我嗎?」
(這種留客方式是滿少見的。)

我:「我想去看別的房子啦!」
羅比露出笑容:「可,可以啊,那別的黃子,妳,妳有鑰匙嗎?」

我都穿內褲了，妳還想要怎麼樣

羅比是個很愛記住小事，並且喜愛在不正確的時間提出不合時宜話題的人。

我們回家時經過一家麵店。
羅比超大聲：「媽媽，妳，妳是不是有說過，這家麵店很難吃！」
我尷尬地跟正在門口煮麵的阿桑交換了眼神，趕快加以否認：「哪有啦，我哪有這樣說啦……」
羅比更大聲說：「媽媽，妳，妳忘記了嗎？」
在店門口，我試圖用全力拖行短腿羅比：「哎呀，我沒有忘記，是，是你記錯了啦……呵呵，呵呵。」

羅比總裁好像很怒，他被我拉著，小短腿懸空蹬了好幾下。

我：「快走啦。」
羅比這時用另一隻空出來的手，指著老闆娘，然後大聲表示：「媽媽！妳明明有說，這家店很難吃，妳還有說，妳，妳要看看它什麼時候倒！」

#那條巷子我再也不能經過了
#怎麼辦我家鄰居的麵店討厭我

某天工作結束後，我回到家，躺在沙發上。
我：「喔，媽媽要累死了。」
羅比走過來說：「妳，妳都，都說要累死，可是，等一下，妳又會站起來走。」
我解釋：「我等一下就不累啦，只要不累我就可以站起來啊。」
羅比大叫：「可是死掉的倫不會站！」（超大聲）

#不容許一絲誇飾法的金牛座
#逆子

帶羅比去銀行辦事情。

行員小姐親切地跟羅比說:「弟弟你好,你來銀行存錢嗎?」

羅比雙手一攤:「我根本就沒有錢。」

(他上次也跟餐廳店員說,「我根本就沒有朋友」。)

行員看他可愛,就逗他說:「沒有錢?咦,可是沒有錢的人,不能來銀行喔……」

羅比立刻回:「那,那妳,很有錢嗎?」

行員尷尬:「我也,也沒有啦,哈哈。」

我趕快把羅比引導到別的地方。

我:「羅比,你看,這裡有 iPad!」

羅比一面滑著 iPad 一面碎念:「她,她也沒有錢,她來,來銀行,做什麼……」

#沒想到吧只不過上個班居然被陌生幼童嗆
#小孩不是應該天真回答說沒關係等我長大就會賺好多好多錢錢嗎

羅比總是很調皮,我叫他出門他就會跑到桌子下躲起來,我叫他刷牙他就倒地,我叫他往東他就會往西,直到大家都翻臉不想理羅比為止。

我跟羅比說:「你都不聽話,我不想理你了。」

總裁說出了一句名言:「媽媽,我都穿內褲了,妳,妳到底還想要怎樣!」

#金句用途廣泛送給各位

農曆春節過完了,開工也就是眼前的事情。

這個年，羅比收到許多紅包。

除夕那一晚，我們吃兩頓飯（先和外公外婆一起，再回阿公阿嬤家），我記得家人塞給他紅包的時候，羅比堅決地搖搖手說，可是這個我已經有了。

因為他在上一頓飯已經拿到紅包，後來別人給他，他就不要了。

「羅比！」我從外面進來，搬著一箱一箱的網購貨物，大聲叫著兒子的名字。

「什麼事？」矮小的羅比跑過來，看著我從門外把包裹一箱一箱地拿進來。

「你看，我在網路上買的東西都來了，我們一起，一起來拆開好不好？」

「好好好！」羅比很高興，他蹬著短短的腿，蹦蹦跳跳地在我旁邊繞來繞去。

我小心地拿著刀片，把黏在箱子上的膠布拆開。

「這是什麼？」

「這是沐浴乳。」

「這是什麼？」

「這是洗髮精。」

「這是什麼？」

「這是礦泉水。」

過了一陣子，羅比有點不耐煩了。

「媽媽，妳不要一直買，一直買，一種東西，只要一個就好。」

「可是這些都是不一樣的東西啊。」

「這些我們都有了啊，妳看，」羅比大聲向我宣導：「一種只要一個就好！」

我覺得他說的是對的。

所以我把還沒拆開的箱子，統統堆到廚房裡，不敢再看。

羅比很愛唱〈陽光宅男〉，只是常常發音不標準。

羅比：「讓我們，乘著陽光，愛上衝浪，吸引她～木瓜！」

我：「是目光！目光啦！」

羅比：「目光，目光是什麼？」

我：「就是眼睛，你看，他們在沙灘上，陽光宅男想要吸引這個女生嘛，吸引她的眼睛……」

羅比堅持：「是木瓜！他要吸引她木瓜！」

#好吧可能真的是木瓜

#讓我們乘著陽光愛上衝浪吸引她木瓜

#你不要在公共場合唱喔我是為你好

#口齒不清變成吸吸她木瓜就是萬丈深淵了

#以上為羅比不合時宜大全

真是難過的一天

羅比發燒已經來到第四天，他滿臉都是疹子，像個青春期大災難。

第一天

發燒到39.9度，不得不出發去診所。

但是羅比很害怕看醫生，整個下午都在緊張地練習：「我是羅比，我是小孩，我有乖乖，我有吃飯，我都，我都好了。」

我說：「我們只是跟醫生聊聊天，你不要緊張。」

羅比看了我一眼，一副妳沒有發燒妳當然不會緊張的臉。

羅比自言自語反覆練習：「我不要抽鼻涕，謝謝。」「我不要打針，謝謝。」

望著門診的紅色號碼燈，叮咚，終於輪到羅比，他先是突然在門口崩潰大哭，我正準備安慰，沒想到總裁接著深吸一口氣，一秒收起眼淚，挺著胸膛，強裝鎮定走進診間。

羅比一坐下，醫生很和藹地向他打招呼：「弟弟，怎麼了啊？哪裡不舒服？」

羅比防衛地舉起手，手掌向著醫生，趕緊表明立場：「我們，我們，只要聊一聊就好了吧？」

第二天

羅比在車上，突然變得全身發燙。

我跟彼得說，「停車，我要塞藥」。

我們很不會塞肛門塞劑，怎麼塞都塞不進去，藥都在我手上融化了。

彼得：「妳就是用力戳他！」

羅比搖手：「不要戳，不要戳……」

我死命戳，羅比哇哇大叫。

滿頭大汗，好不容易塞了一點點進去，再用耳溫槍量他的體溫，40.2度。

羅比哭完了坐在我旁邊，淚痕貼在臉上，台北的夜景從外面流過，我的手指好臭。

羅比：「這裡是哪裡？」

我：「中山站，我們有來過這裡逛街，對嗎？」

羅比沒有回答我，他看著窗外，眼神落寞。

羅比：「今天又是難過的一天。」

那句話是一個叫做《害羞的小熊》卡通裡的對白，小熊一個人住在森林裡，因為太害羞了，沒有朋友，他總是自言自語，講著無奈的話。「今天又是難過的一天」是小熊的口頭禪。我望著夜色，看著羅比發紅的鼻頭跟蒼白的嘴唇，「對啊，又是難過的一天。」我說。

第三天

發燒時候的羅比，其實很像喝醉酒。兩頰紅通通，走路站不穩，口齒不清但又很囉嗦。

他很怕要再去看醫生，所以一直到處逢人便宣稱：「我，我，我已經都好了。」

這段期間，他變得很敏感，我摸他的頭，他立刻彈開。

羅比：「妳，妳為什麼，要摸我，妳不要，一直摸。」

阿嬤問阿公：「那張健保卡放到哪裡去了？」

羅比就立刻恐慌：「為，為什麼要健保卡！不要，量體溫，不要，不要健保卡！」

第四天

羅比出了一臉疹子。

這幾天阿嬤跟外婆很怕他腦子燒壞，動不動就問他，阿嬤叫什麼名字，姑姑叫什麼名字，小阿姨叫什麼名字……

我跟他躺在地毯上玩，羅比抱怨起來：「為什她們，都不知道自己的名字？」

剛剛我跟羅比提議：「不然我們來玩老闆的遊戲！」
羅比：「好！」
我：「哈囉，老闆，你找我嗎？」
羅比：「對，妳，妳在幹嘛？」
我：「如果我的工作做不完，可以明天做嗎？」
羅比：「不行。」
我：「可是我就是怎麼做都做不完，怎麼辦？」
羅比：「妳要專心，要賺錢！」
我：「那我該怎麼做？」
羅比：「妳要坐直，不要駝背！」

#好在乎坐姿的老闆
#那天走出醫生診間羅比還跟醫生說辛苦了早點回家吧

希望我會喜歡大家

快樂的五月份，除了母親節，這陣子都在慶祝羅比的生日。他三歲了，我還記得生他的那天，我跟彼得一直說，唉呦怎麼是個蓮霧鼻，然後一千多個日子就這樣不知不覺地過去了。

這一千多個日子，怎麼說呢，羅比總裁新官上任三把火。

我幫羅比洗身體，他在浴缸裡假裝游泳。
我：「快點，你要起來了。」
羅比嚴正地坐在浴缸裡，他對著我挺著肚子怒目相視說：「媽媽，游泳是，是好事情……妳怎麼，不讓我做好事呢？」

 # 你要做好事就趕快起來去捐錢給老人啊

承上，我硬是把羅比從浴缸拖上岸。
他很不悅，於是指著我說：「妳壞蛋，媽媽妳是壞蛋。」
我一邊刷牙，一邊淡定表示無所謂。

我：「你說我是壞蛋，那我不要理你了，哎呀，我乾脆出國好了。」
此時羅比露出非常困惑的臉。
羅比：「壞蛋要改！壞蛋怎麼能出國！」

 # 總裁你有所不知其實大部分的壞蛋都選擇出國好嗎

羅比生日禮物得到一個小廚房，他高興得不得了，第一件事情就是開始為大家分配工作。

羅比：「我，我當廚師。」
彼得：「那爸爸呢？」

羅比:「爸爸當廚師的助手。」

我:「那我呢?」

羅比:「妳,妳當洗碗阿姨。」

我很不情願。

我:「我不要,我要當客人!我要吃飯!」

羅比指著他的塑膠食物玩具,一臉實際:「這些,這些都不能吃啊。妳,妳不用當客人,快點,來洗碗!」

#金牛寶寶活得好清楚

我黯然洗了幾次碗,然後我決定替自己加戲,洗碗的時候打破碗。

我哭叫:「啊,啊,碗破了,我流血了。」

羅比緊張:「我,我替妳叫救護車。」

他假裝打了電話,接著在旁邊繼續煮菜。

我:「欸,羅比,我受傷了,你還繼續開店啊?」

羅比不耐煩道:「外面,外面客人很多⋯⋯」

我倒在一旁順便休息,過了一會兒,羅比走到臥房,又走出來,再度登場。

羅比:「妳切,切到哪裡?」

我:「嗚嗚,我的手好痛,醫生來了嗎?」

羅比拍胸:「我,我就是醫生。」

#哪有人戲分這麼多

因為羅比很喜歡《瑪莎與熊》的卡通,我好心買了一個瑪莎與熊造型的拼圖給羅比。

我:「羅比你看!這是瑪莎的拼圖。」

我把卡通拼圖打開，拆成一片一片。

我：「快點，我們來拼吧。」

羅比遲遲沒有動手。

我：「怎麼了？」

羅比遲疑：「這個是怎麼，怎麼做的？」

我：「你說拼圖喔？」

羅比：「嗯對，它是怎麼做的？」

我：「就是先有一幅畫，然後用刀子切成一塊一塊，你可以把它重新拼起來。」

羅比：「重，重新拼起來，又變成一幅畫嗎？」

我：「對啊，很好玩耶！」

羅比：「我根本就不想玩。」

我：「為什麼？」

羅比：「為什麼，要把它變成一塊一塊，瑪莎本來，就好好的。」

我：「因為重新又變成一張圖，這樣很漂亮啊，這就是拼圖嘛，很多人覺得這樣超好玩的。」

羅比：「誰，誰弄成這樣的！」

我：「什麼誰？」

羅比深吸一口氣：「是誰，把這個用破的？」

我：「……工廠吧。」

羅比怒：「妳還給工廠，叫工廠拼，我不要拼……」

#拒絕拼圖的小孩
#別人搞砸的事情豈有總裁來擦屁股的道理

之前帶羅比去故宮旁邊的池塘餵魚，花了十元買了一盒飼料，裡面大概有兩百顆吧。很多小朋友都圍在一起餵魚，和樂融融。

我說：「羅比，我們也買好飼料了，一起來餵魚吧。」

每個人都一顆一顆地丟著飼料，沒想到羅比左右看看，一次就把整盒倒下去了。

所有的魚都跑到我們前面狂吃飼料。

我驚訝：「啊！」
羅比則是得意表示：「媽媽妳看，別人都沒有魚了……」
（還給我大聲講。）

#總裁餵魚的快樂不在於餵
#而是在於只有我有魚

剛剛羅比走過來說：「媽媽，我身體不舒服，是不是應該吃普拿疼？」
我：「可是普拿疼是大人吃的……」
羅比露出為難的表情：「那，我是不是應該吃曼陀珠？」

#你明明就是要吃曼陀珠幹嘛以退為進

端出生日蛋糕，吹蠟燭時，我跟羅比說，來吧，來許一個願望。

羅比：「願望是什麼？」
我：「願望就是你希望這一年可以發生的事情。」
羅比搖頭：「我沒有願望。」
我好言相勸：「你有啦，難道你完全沒有想要發生的事情嗎？」
羅比想了一想，最後他說：「……希望，希望我會喜歡大家。」

然後他就吹了蛋糕上的蠟燭。

#失敗者才會希望別人喜歡他
#總裁只在乎自己有沒有喜歡大家

陌生人在旁邊加油，也是滿可怕的

羅比很怕剪頭髮，所以他之前都是阿嬤趁他洗澡不注意，趕快用小剪刀稍微修剪一下。但羅比最近的髮型，鬢角真的長到有如耳罩，我們覺得他耳朵都要聽不到了。

我問羅比：「你為什麼不敢剪頭髮呢？」
羅比：「我，我怕會頭破血流！」

 # 每周學成語相當熟練的孩子

我在想可能是小時候，我拖著他去剪過一次，當時羅比年紀太小了，嚇得亂七八糟，所以留下不好的印象。這幾天我又一直不停在跟他溝通去剪頭髮的事宜，羅比終於在我答應剪完頭髮要帶他去玩具反斗城之後，同意去剪頭髮。

我：「我告訴你，我們要去happy hair，超happy。而且媽媽認識那個設計師姐姐，她人超好的。」
羅比很緊張，我們坐UBER出發去髮廊的時候，他還一直碎念：「真的，真的不會頭破血流嗎？」
我：「你不要怕啦，媽媽剪過好多次頭髮，都沒有怎樣。」
我順便搭訕司機先生：「不然羅比你問司機叔叔，他有沒有剪過很多次頭髮？」
羅比：「你，你有剪過很多次頭髮嗎？」
司機叔叔配合我，爽朗地表示：「有喔，有喔，我好像剪過幾百次的樣子。」
羅比撫胸：「好恐怖，剪頭髮好恐怖……」
司機建議：「你如果怕什麼，你就跟剪頭髮的阿姨溝通一下啊。」
我：「對對對，不然你現在就練習講看看好了……」
羅比雙手合十：「拜偷拜偷，不要剪我的頭皮！」

#誰要剪你的頭皮
#人家只想好好上班領薪水沒有人想要坐牢好嗎

或許是真的有童年陰影，羅比在車上話變得很少。

我只好一個人在那邊興奮：「羅比，你知道嗎？媽媽每次剪頭髮，都好像重新活過來一次！」

司機也跟著追加：「我剪完頭髮吼，也覺得很開心啊，大家都會稱讚你，說剪完頭髮好帥啊……」

我跟司機就一路上一直大講自己愉快的剪髮經驗，兩方重重疊疊，互相褒獎，簡直誇張到好像每次剪髮都像是得諾貝爾獎那樣偉大。

下車前，司機很認真地轉頭看著羅比：「不然這樣，你覺得UBER叔叔要不要停車，下車幫你加油，陪你一起剪頭髮？」

羅比搖搖手：「還……還是不要好了。」

司機露出笑容：「為什麼呢？你是不是變勇敢了？」

這時羅比說出他的心聲：「因為，有陌生人，在剪頭髮的時候，在旁邊加油，也是，也是滿可怕的……」

#金牛座在客觀衡量哪件事擠較可怕
#司機好心給雷親
#羅比你就好好說點場面話會怎樣

結果羅比剪髮非常順利，一開始抱著恐懼的心，接著慢慢鬆懈下來。

我小聲說：「你看，就跟你說設計師姐姐很溫柔吧？」

羅比表示：「她很溫柔，而且也很漂亮！」

總裁剪完以後，設計師拿鏡子給他看，這小傢伙還大吼一聲：「我，我是勾護城小朋友！」

#三個字要念錯兩個字也是不容易
#風吹得路好長一顆心晃呀晃
#多想找人陪我逛累了睡在馬路上

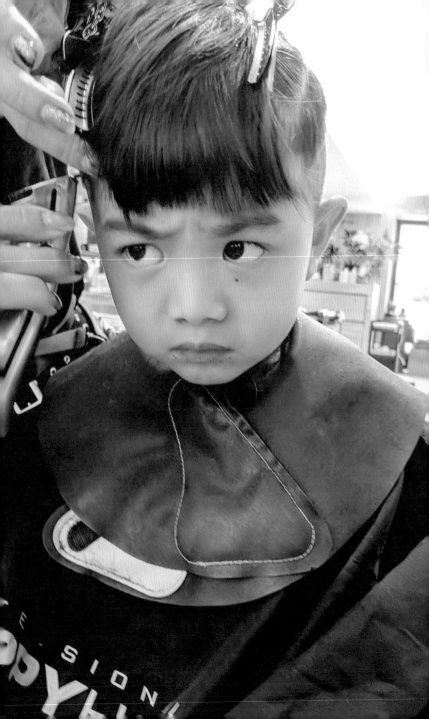

剪完頭髮，羅比摸摸自己的鬢角附近，接著說：「怎麼刺刺的……」

我怕他不喜歡，便趕快說：「你知道嗎？會刺刺的，是因為你有很多健康的新頭髮要長出來啊，如果是禿頭的人，剪完頭髮就不會是刺刺的喔，呵呵，因為他們沒頭髮……」

羅比笑著回答：「我知道，我知道啊，禿頭會變得滑滑的……」

我：「咦，你怎麼知道禿頭的人會怎樣？」

總裁露出和藹的笑容說：「因為，我以前老的時候，也是禿頭啊！」

 # 媽媽惹到前世總裁了趕快跪下

 # 正所謂十禿九富啊

後記──

說到這次的剪髮記，羅比似乎悄悄地愛上了我的設計師。

剪完頭髮去沖水的時候，他還用一種很有技巧的方式問對方：「通常，通常小男生要多久剪一次頭髮？」

設計師說：「大概是一個月一次吧……」

羅比居然立馬說：「那，那我下次，一個月以後再來找妳。」

 # 奇怪你不是怕會頭破血流嗎

 # 結果總裁現在只要我出門就會問你今天是不是要剪頭髮

 # 他只有幾根毛卻一直問我可不可以帶他去洗頭

飯店有 who 早餐嗎？

羅比非常喜歡角色扮演。

最近他開始叫我當櫃檯人員，我負責拿一些卡片，當作房卡，上面貼上便利貼，當作餐券，他則假裝是來飯店住宿的客人。

羅比風塵僕僕走過來：「妳好。」

我：「你好！請問要入住酒店嗎？」

羅比：「嗯對！」

我這時就要拿出卡片給他：「這是您的房卡。」

羅比：「有，有 who 早餐嗎？」

我：「有的，有附～早餐。」（特別把附這個字講得超標準）

我拿出便利貼貼在卡片上。

我：「早餐時間是早上六點到十點，你要記得來吃喔。」

羅比：「好，好，好。」

我：「先生您的房間號碼是1103，前面電梯坐到11樓再左轉。」

羅比：「喔喔。」

我：「需要幫你拿行李嗎？」

羅比兩手一攤，一副妳難道看不出來嗎的臉：「我，我根本就沒有行李……」

（原來是我自作多情。）

我：「謝謝您入住本飯店。」

羅比：「謝謝，謝謝妳給我黃卡。」

然後羅比就會拿著房卡走了。

過一陣子羅比會回來，對著我說：「那個，我，我來吃 who 的早餐。」

我：「是附啦！附！」

羅比：「先，先給我柳橙汁……」

我：「你先再講一次，附！早！餐！」

羅比：「哪有這樣，妳快點，快點湖物……」

我：「湖什麼物，湖裡有怪物！」

羅比：「哪裡有怪物？」

大概流程就是這樣，然後羅比要連續玩個二三十場。

有一次，我想說來推廣一下飯店生意。

羅比這時又走過來了：「妳好！」

我（沒禮貌）：「欸，你怎麼都一個人來住飯店？」

羅比：「我，我，我要住黃間！」

我：「你下次帶朋友來好不好？」

羅比：「為什麼？」

我：「因為，因為我的飯店想要多一點人來住，你是常客，你可以幫忙我嘛！」

羅比：「我，我知道了。」

我看到羅比匆匆離去，接著去客廳找了爸爸過來。

我：「你好！」

羅比牽著彼得：「妳好！這是，這是我朋友，我們來住，住換店。」

我：「飯～店。」

羅比有點害羞，比出剪刀的手勢：「兩，兩個人……」

我：「謝謝你！真的是太好了！這是您的房卡。」

羅比：「有 who 早餐嗎？要，要兩個。」

我：「有的有的，您的房間是 1103！」

這時羅比還特別跟彼得解釋：「電梯坐到 11 樓，然後左轉就，就到了。」

我：「還需要什麼服務嗎？」

羅比想了一下，突然說：「妳有，有嬰兒床嗎？」

我積極回答：「當然！請問是哪位先生要嬰兒床呢？」

羅比指指彼得:「我,我朋友,哎⋯⋯他有一個,嬰兒。」
羅比露出有家庭真的是很麻煩的臉。
我:「那個嬰兒是誰?」
羅比又指指自己,挺胸說:「嬰兒是我!」

#所以是一個成年男子跟嬰兒做朋友跑來住宿的概念嗎
#怎麼有一種社會局會來關切的感覺
#換店黃卡湖物 who 早餐

我的食物分成有毒跟沒有毒的

羅比開了一間快餐店，叫做美味小廚房，他用黏土做菜，旁邊就有收銀機。

羅比：「歡迎光臨！」

我：「老闆你好。」

羅比：「妳好，妳，妳要吃什麼？」

我：「有什麼特別好吃的嗎？可以介紹一下你的拿手菜嗎？」

羅比：「我，我的食物只分有毒，跟沒有毒的，價，價錢不一樣。」

#這麼坦誠誰受得了

我指指羅比的美味小廚房旁邊的摩天輪音樂盒。

我：「欸，老闆，客人來了你要開音樂啊。」

羅比搖搖手：「人，人太少了，不開，等人多一點我才開。」

我：「我就是客人，我要聽音樂。」

羅比：「妳是我媽！不用開！」

#唉

我摸摸鼻子繼續當客人。

羅比：「歡迎光臨，幾，幾位？」

我：「一位，謝謝。」

羅比有點不高興表示：「妳為什麼只有一位，好少……」

我：「請問我可以坐哪裡？」

羅比悻悻然地把我帶到旁邊的座位上，唉聲嘆氣。

羅比：「……妳，妳怎麼都沒有朋友？」

我：「沒辦法，我就是一個人吃飯，我沒有朋友。」

羅比：「妳，妳要去交啊！」

我：「臨時交不到嘛，快點給我菜單！」

羅比眼睛轉來轉去，突然他拿掉廚師帽，用兩隻小短腿，奮力爬到我對面。

我：「老闆，你要幹嘛？」

羅比：「不然我，我做你朋友，你請我吃飯。」

我：「啊？」

羅比燦笑：「請，請貴一點的喔。」

#這是什麼行銷手法

沒有屁股的旅客請在本站換車

周末的時候，羅比在家玩積木列車遊戲。

他從小對大眾交通工具就有一種迷戀，每次去捷運或是高鐵的時候，總裁都很認真觀察跟學習。

在家時，羅比便把積木連成長長的列車，然後拉著列車在家裡的各處停靠，同時羅比會在車門打開的時候，模仿捷運站，說一些廣播的話語。

我隱隱約約聽到他在客廳說著各站的站名，說話的聲音忽遠忽近，過了一陣子，我瞄到總裁把列車拉到廁所門口。

羅比：「馬桶站到了，馬桶站到了，想要大便的旅客，請，請在本站下車⋯⋯」

我從臥室走出來，靠著牆壁，站在一旁微笑。

沒想到羅比接著說：「請，請留意隨行孩童的安全，還有，請禮讓烙賽乘客，讓，他們先，趕快下車！」

#哇哈哈好實用的廣播建議
#彼得每天都在大便站下好幾次車呢

羅比依照我們家的格局，陸續發明了各種車站的站名，有Lebron James站，羅比小酒店站、海咪咪站，其中還有一個，是屁股站。

羅比列車長廣播：「屁股站到了，屁股站到了，沒有屁股的旅客，可以在本站換車⋯⋯車門即將開啟，沒有屁股的旅客，請，請勿緊靠車門！」

#說真的沒有屁股緊靠車門容易骨折喔
#為什麼屁股站是我房間

我笑得東倒西歪,趕緊發問:「羅比,所以你的意思是,屁股站這一站,有很多地方或是商店在賣屁股嗎?」

羅比又開始廣播:「於本站上下車的旅客,可以在地上看看有沒有屁股內褲,歡迎,試穿一下新屁股!」

#沒有胸部的旅客請至對面月台候車

小羅比酒店與海咪咪餐廳開幕

因為搬到新家，比之前多一個房間，所以羅比有自己的一個房間。羅比很欣喜，於是自行在新家開了一家飯店，他宣布飯店的名字叫做「小羅比酒店」。

總裁規定，所有人都要在客廳等待他來check in，因為那個空空的房間裡有羅比的小廚房，所以羅比把那裡當作餐廳。

我：「羅比，餐廳都有名字啊，你這家餐廳，打算叫什麼名字呢？」
羅比想了一想，接著很篤定地表示：「叫做，叫做海咪咪餐廳！」

#媽媽覺得不純

我規勸半天請他改名無效，羅比還是堅持自己的餐廳要叫做海咪咪，我只好轉到別的話題。
我問羅比：「每個餐廳都有一些特色，那你的餐廳特色是什麼？」
羅比：「……」
我：「你最好快點想喔，沒有特色的餐廳，是沒有人想要去的。」
羅比急了，連忙表示：「我的餐廳，很特別……」
我：「怎樣特別？」
羅比：「最特別，特別的是，每次！那個，那個碗我都是假裝洗的，其實沒有真的用水洗！」

#這個不用講出來

承上。

羅比很興奮地向在客廳等待check-in的爸爸介紹：「歡迎光臨！這是小羅比酒店。」

彼得超認真，還拖著一個行李箱，演很大：「你好，我想入住小羅比酒店。」

羅比：「好，好……」

我偷偷跟羅比說：「你要問他，要幾人房啊？」

羅比：「請問，請問要幾倫？」

彼得：「有兩人要入住。」

羅比：「那，你要不要看一下，我的餐廳？」

彼得一邊滑著手機（我叫他跟小孩玩的時候不要滑手機，他堅持說這是演國際旅人戲的一部分），一邊漫漫不經心地回答：「看餐廳喔……好啊。」

羅比熱情滿點，帶著彼得：「我們的餐廳，叫做海咪咪餐廳！」

彼得好像被什麼打醒一樣，突然放下手機，像湘西趕屍那樣直直地跟著羅比走。

我聽見他們父子倆在房間裡面參觀餐廳的時候，羅比說：「這裡，這裡就是海咪咪！」

彼得回答：「是色情餐廳嗎？這個我喜歡。」

我偷偷跟在後面聽，然後我聽到彼得很小聲說：「不然，不然老闆，我改成一人住好了。」

#越過道德的邊境我們走過愛的禁區

總裁的桌子不是凡人可以擺的

羅比得到一個兒童成長桌，我們為了要如何在房間裡擺設這張桌子，喬了好一陣子，最後依總裁指示，不要靠牆，放了一個在房間底部，靠近陽台的位置。

總裁說他就是要這樣放桌子，我覺得沒有很節省空間，不過感覺氣勢很強。

我：「羅比，可是這樣你坐下來，整個人會面朝著門口，感覺會有點奇怪。」

羅比強調：「這個位子，我，我才看得到全部！全！部！」

#全部什麼

決定好位置後，羅比就開始自行布置他的座位，我則在旁邊默默地觀察他。

總裁慢慢地把自己的相框放好，然後再把書啊筆啊陸續歸位。最後有個事情很奇妙，羅比把一個小時鐘放在桌上，但是時鐘的方向是朝外面的，我把時鐘轉過來，羅比又把它轉回去。

我說：「羅比，時鐘這種東西，要面向你的椅子，這樣你坐著工作的時候，才能看得見時間啊。」

總裁冷冷回答：「我，我不用看時間，時間，是，是給別人看的！」

這句話簡直霸氣外露到破表，聽完我都想跪了。

#時間哪有自己看的道理當然是給外場小姐看的啊
#果然是海咪咪餐廳的老闆

羅比總裁的書桌擺設。

總裁以為自己要死了結果沒死

前幾天，羅比發生了一件危險事件。含著一顆太妃糖的他，坐在車子的後座，準備回家。

羅比突然問：「媽媽，為，為什麼男生喉嚨中間，都有一個硬硬的東西呢？」

我坐在前座：「那是喉結啊，爸爸也有，外公也有。」

我記得彼得還一面補充：「但阿公可能因為太胖所以沒有。」

羅比問：「那我，我會有嗎？」

我：「嗯，等你長到十幾歲就會有喉結啊。」

羅比：「我是說，我現在還不會有嗎？」

我：「現在你不會有喉結吧，你還很小耶。」

羅比：「可是，我覺得我好像有喉結……」

我：「不可能啦！」

然後就有一段很長的時間，我們坐在車子裡，羅比沒有說話。

直到彼得感覺到奇怪，突然轉頭問：「羅比，你睡著了嗎？你為什麼剛剛都不說話？」

羅比才說：「……我，我剛剛不小心，把太妃糖吞下去，卡，卡住了。」

我超緊張：「什麼！那現在呢？」

羅比吞了兩下口水：「現在，好像好了，那個喉結，好像迷有了。」

我大聲嚷嚷：「那不是喉結，你是噎到了！你剛剛怎麼都沒有說！」

羅比露出燦爛的甜笑：「我，我剛剛在等死，結果，結果沒死。」

#媽媽差點嚇死

#我告誡這個小男孩以後發生什麼事都要第一時間說出來

#而且不可以用喉結這種隱喻說法

#事後總裁還說唉呦我以為我那麼快又要死了

#結果還好沒死

親一下我就送你地

本周羅比終於在尋尋覓覓中，找到完美匹配自己身分的遊戲，這個遊戲就是同事送的大富翁桌遊。
我們全家迫不及待地打開來玩，總裁果然就是總裁，很快就學會其中的遊戲規則。

大家應該都有玩過大富翁對嗎？

羅比的這一個玩法是比較初級的，所以基本上就是丟骰子，不同的地有不同的價錢，可以買博物館、動物園、保齡球館及遊樂園這些地點。

反正就是看到地就買。
這是羅比的結論。

不知道是初學者的好運還是怎樣，羅比靠好骰運跟抽機會卡，得到了一大堆地，他又不停加蓋房子，像黃金店面那樣，過路費翻倍再翻倍，一不小心經過羅比的地，就得付他超多租金，如果付不出租金，我們就賠他地。

很快情勢就變成走到哪裡都是羅比的地，我跟彼得幾乎要破產。
有一次，我玩到只剩兩元，輪到羅比抽機會卡，羅比把卡片拿給大家看，是一個蛋糕的圖案。
羅比：「哈哈，今天我生日，你們要付我兩元，祝我生日快樂。」

#天要亡我

大富翁裡面有一格，如果走到那一格，就要去坐牢，即將破產的彼得在丟骰子前，說出了至理名言。

他拿著骰子閉著眼睛說：「神哪我太窮了，拜託讓我去坐牢，我不想在路上走了，我現在很想，很想坐牢。」

#傷感

羅比玩大富翁的時候，好像不太明白大富翁是什麼意思，所以他一直念成大部翁。玩到後來，羅比看我們夫妻兩人一心都只想坐牢，實在看不下去，他只好提議：「不然我，我送你們地。」
羅比：「爸爸你親我一下，我就，我就送你地。」
我搖搖手：「不行啦，不可以送地，大富翁的規定裡面沒有這樣。」
羅比堅持：「有！誰叫我們是親戚！」

#可能他上輩子很常接吻就送地
#送習慣了

遊戲規定，每繞一圈，就可以跟銀行領取薪水兩元。
羅比每次繞過一圈，就很機警地說，記得銀行要發薪水給我。
我抱怨：「你已經那麼有錢了，還要跟銀行領薪水，很貪心耶。」
總裁很理直氣壯：「這是規定，我可以領，沒有問題。」

#大富翁沒有排富條款
#總裁與庶民一樣毫不羞恥排隊領錢

另外，玩大富翁，每個人都可以選一個顏色代表自己，羅比是藍色的大船標誌，我是綠色的汽車，爸爸彼得是黃色小貓。
羅比錢很多四處買地，買到用光所有代表他的藍色大船，已經沒有標誌可以放在他新購入的土地上了。
羅比指我：「不然，媽媽，妳給我妳的綠色，我用妳的綠色標誌買！」
我保護著自己的綠色汽車標誌說：「哪有這樣？這是我的，沒有這種可以用別人標誌的規定！」

羅比又堅定表示:「有!誰叫,我們,是親戚!妳的標誌多少錢?妳說啊,我,我跟妳買!」

#連借人頭買地你也會
#總裁基本技能

後記——

最後羅比得到了所有的地,也獲取了我們手上所有的錢。我宣布他是大富翁,遊戲結束。但羅比很不情願,還想繼續玩。

我:「我跟爸爸都沒有錢了,所有的地也都被你買了,還能怎麼玩下去呢?」
羅比東看西看,發現了一件事:「銀行,銀行還有錢。」
我:「銀行有錢又怎麼樣呢?」
總裁這時霸氣宣布:「銀行多少錢?我要買銀行!」

#天啊對於總裁的野心我真的佩服得五體投地了

聽說小時候玩的大富翁遊戲，現在名稱改成地產大亨了。
時代果然一直在改變，
但有個神祕的力量，讓羅比總裁在這個遊戲中屢屢獲勝，讓我百思不得其解。

照片中，羅比拿著的計算機，是他玩各種遊戲時，最常出現的時尚配件。
「這個多少錢？」他很常指著平常沒有在販售的東西說：「你告訴我，給我一個價錢。」

總裁的家人，是這樣想事情的

勵志書中的感謝練習

勵志書建議我寫出生命中重要的人，跟感謝他們的原因。

1 先來謝謝我的爸爸媽媽跟妹妹

能得到衣食無缺、時常歡樂的生活，我知道這不是容易的事。

謝謝你們很認真看待我的事情。每次跟你們討論重大決定時，或許不能得到完美的答案，但大家都坐在一起竭盡所能地去思考，然後一步步地進行研究。我的父母，教會我做人要認真對待別人的問題，並且竭盡全力去想辦法，而我的妹妹，妳一直都是歡樂的泉源，謝謝妳陪我旅行，輕井澤下著雪的時候，很美，而明治神宮超越我的一切想像，謝謝妳跟我一起大呼小叫，誇張地讚歎這個世界。

2 謝謝我的公婆跟小姑

謝謝你們對待我就像親生父母，真的家人，你們給了我一個機會，可以放鬆地在家庭裡生活，想要就要，不想就不要，你們讓我覺得我是重要的，而且無須徵求同意，無須苦苦爭取。

謝謝你們當初為了我懷孕，為了方便照顧寶寶，義無反顧地搬家（而且只花一個星期就買好房子這效率怎麼得了），謝謝你們接下很多照顧羅比的工作，小姑還用自己的生日折價券，讓我在百貨公司買了新鞋。

3 謝謝你，彼得

昨天晚上回家，從巷子裡看見樓上家裡暖暖的燈光，我打電話回去，就看見你沒穿上衣匆匆忙忙從沙發上站起來接電話。

我想謝謝今天你早上說的那個笑話：「喂，妳知道每個成功的男人背後都有什麼嗎？每個成功的男人背後都有一條脊椎骨。」你說完，然後一邊刷牙，一邊笑倒在床上。

你或許是比我自己還要了解我的人。
至少你願意在我起不了床、不想去上班的早晨說笑話，我還沒笑你就先笑，笑得跟八婆一樣。

我想你是真的了解我。

4　最後謝謝你，羅比

謝謝你來到我的人生。你是一個夢寐以求的結果，你笑起來瞇著眼睛的方式，你跌倒時忍耐著不掉眼淚向我走來的臉，你小小的手掌跟小小的腳丫，我想不到任何比你更好的版本。

我不是一個很好的媽媽，今天早上讓你跌到床底下去了，你哭了一下，又安靜了一下，後來完全沒事，還放鬆地在馬桶大了個便，實在太好了。

富貴在天育兒術

羅比出生後，有一段時間，我非常在意周遭環境，衛生，細菌，消毒這類的問題。新手媽媽總是過於焦慮。

有天某人看不下去，開口了：「我問妳，妳每天坐捷運上班，有沒有擔心過，捷運開太快會撞到牆這類的事情？」

我：「沒有。」

某人：「妳知道為什麼嗎？」

我：「什麼為什麼？」

某人：「妳之所以不擔心，是因為捷運是大眾交通系統，除非發生一些非常少見的錯誤，否則都是交給系統在運作，不會那麼容易出錯的，對嗎？」

我：「可能吧……」

某人：「我跟妳講，妳生了一個孩子，妳在他出生之前，也給了他一套系統，那個東西叫做免疫系統，還有消化系統，呼吸系統……」

我想想要辯解，但某人舉著好幾根手指數著生理的各種系統，要我聽她講完。

某人：「系統就是系統，嗯？它之所以可以被叫做系統，就代表它可以在規則底下運作，搞定大部分的問題，像是大眾交通系統，農作物灌溉系統，大氣系統，免疫系統，都是系統。」

我：「可是寶寶還那麼小。」

某人一臉我話說至此無須多言的表情，她搖著寶寶一面說明：「系統就是系統，妳不用搞清楚系統，妳要相信系統。」

某人是我的母親大人，她這一生，本著生死有命、富貴在天的精神，有系統地養育孩子長大成人。

羅比與外婆合影。
總是說我小時候跟羅比長得很像，卻又私下跟別人說羅比比我可愛很多的我的母親。

爸爸的特色

我想起羅比開始學說話的那一段日子。每天晚上睡覺前，我會躺在床上，跟羅比聊天。

我：「欸，羅比。」
羅比：「嗯。」
我：「我問你喔，你覺得爸爸是帥帥的還是醜醜的？」
羅比：「醜醜的。」
我：「那你的爸爸是高高的還是矮矮的？」
羅比：「矮矮的。」
我：「那你覺得爸爸有什麼特色？」
羅比看起來很疑惑：「特色？」
我：「我跟你說，特色就是一個人最特別的地方……比如說，羅比眼睛大大的，臉胖胖的，很可愛，這就是羅比的特色。」
羅比：「喔。」

我：「好，回到剛剛那個問題，羅比覺得爸爸有什麼特色？」
羅比很努力地想了想，他還慎重地坐了起來，抓抓他的頭髮。
我：「想一個就好，說說看爸爸有什麼特色？」
羅比：「他……他有……」
我：「有什麼？」
羅比：「他有……一個……頭……」
然後羅比很認真地指了一下脖子。
羅比：「是從這裡長出來的。」

#你覺得爸爸沒有特色可以直說
#如此宛轉說明實在太用心了

為什麼路上會有狗大便呢？

為了促進知識交流，我鼓勵在平常的日子中，彼得跟羅比可以多多對談。

但這兩個男生常常沒有話說。

我：「這樣好了，我們來練習，爸爸問你一個問題，然後你也問爸爸一個問題。」

兩人都露出很無聊的表情。

我指定打者：「爸爸先問好了。」

彼得想了一下，開口問：「為什麼……為什麼羅比會這麼可愛呢？」

羅比露出這是什麼爛問題的臉。

我在心裡也是這樣想。

我：「好好好，那換羅比，你可以問爸爸一個問題。」

羅比：「爸爸，為什麼東西會，會過期呢？」

（最近我們清冰箱，我說好多東西都過期了，大概旁邊的羅比聽到了，覺得這個詞彙很新奇。）

我一面想，覺得這個問題好難回答（而且對比於彼得剛剛的問題，羅比的提問實在高級很多），但彼得是理科出身的，對於食物為何會過期這件事，應該比我有概念吧……

於是我轉過頭問：「爸爸，你說說看，羅比想知道，為什麼東西會過期呢？」

彼得露出理所當然的表情：「答案很簡單，就是因為我忘記吃了啊！」

#東西會過期是因為人類記性不好
#理科出身有什麼用呢

後來又發生非常類似的對話。

我們一家人走在路上，看到狗大便。

羅比：「爸爸，為，為什麼路上會有狗大便呢？」

我正準備說各式各樣的答案，像是養狗的人要有公德心或是城市裡的流浪狗問題這類的。

但彼得先我一步。

羅比：「爸爸，為，為什麼路上會有狗大便呢？」

彼得：「因為，有時候狗狗的肚子會很痛啊。」

#就這樣

#毫無探討的必要

#學如逆水行舟不進則退

#還是讓爸爸負責體育活動就好

天天抱著感恩的心

讀了一本書，說明天天抱著感謝的心，會變得更快樂，於是我就有一搭沒一搭地，紀錄自己的感謝事項，因為書中建議，要盡量把自己覺得感恩的事情，寫得詳細，我便寫了一些重點提要，重新再看的時候，覺得令自己開心的事情好奇妙，原來我是這樣的人啊。

感謝事項：

1 謝謝窗戶跟風

搬進新家，有兩個廁所，兩個房間，通風採光都良好，我把窗戶都打開，像一隻狗一樣，把頭伸到外面去，舌頭伸出來，聽到暢通的風聲呼呼吹過耳朵時，覺得好快樂。

2 謝謝婆婆

昨天她獨自走路去藥局，買了六罐營養品給羅比，銷售員一說這罐能長高，她就立刻掏錢問現場有幾罐，買到全身上下只剩十一元，連坐公車都不夠，當她風塵僕僕地抱著長高奶粉走回家的時候，天色已經深了，阿嬤雖然很累，但一進門滿臉都是笑容，好像她剛剛查過榜單，全家都順利錄取哈佛。

3 謝謝捕鼠公司的存在

娘家，爸爸的房間，抓到一隻大老鼠。據爸爸的形容，老鼠身軀很大，占滿整個黏鼠板，爸爸擔憂地說，老鼠一直掙扎，眼看著就要離開黏鼠板。
「那你怎麼辦？」我驚恐地問，爸爸說，他心生一計，拿喝過的啤酒瓶把老鼠壓回去，黏好黏滿，表情很是得意。

爸爸確定黏住老鼠以後，就跟媽媽一起跑來我的新家避難。媽媽假裝自己很勇敢出了一堆捕鼠主意，但沒有人敢執行。後來我打電話花了800元找了捕鼠公司幫忙，捕鼠人已經下班，但是仍然從新店騎摩托車來，他很酷地拿了一個夾子，把老鼠跟板子整個夾走，爸爸也趕快把啤酒瓶拿去便利商店回收，危機順利在當天解除。

謝謝搜尋引擎，謝謝摩托車的發明，謝謝捕鼠公司裡那些勇敢面對恐懼的人。

全家都who雜

一早起來，打開電視就是皇室婚禮的新聞。彼得吃著他的香雞排漢堡，一邊跟我一起看。

我：「你看，皇家這些騎兵騎著馬，好高又好帥氣。」
彼得：「可以啊，妳去淡水也可以騎。」

當新聞回顧威廉王子與凱特王妃的婚禮。

我說：「他們都不是住在家裡，每個人都住在不同的宮裡。」
彼得：「可以啊，我們去住行天宮。」

#彼得的建議能聽嗎
#樂天知命的平民百姓

- -

羅比最近在練習上廁所。

他跟我說：「昨天，我突然想，想尿尿，就，跟阿嬤講，阿嬤叫我跑去姑姑廁所，我跑去，跑去以後，先爬到小椅子上面，結果跌下來，沒有哭……」
我說：「然後呢？」

羅比：「阿嬤說再，再爬一次，我說要尿出來了，可是，褲子還沒有脫……」
我：「然後呢？」
羅比：「我就先爬上去，阿嬤幫我脫褲子，就……尿好了。」
我：「那，你有尿到馬桶裡嗎？」

羅比點點頭。

接著他說：「嗯，發生，發生很多事的一天。」

＃就只有一件事吧

. . . .

羅比突然沒來由地說：「唉，我們全家都好 who 雜。」

我：「什麼意思？」

羅比：「爸爸 who 雜，媽媽也 who 雜。」

我：「你是說我們個性很複雜嗎？」

羅比：「嗯，who 雜，全家都 who 雜。」

我：「為什麼？」

羅比指著地上：「因為……爸爸的褲子丟在這裡，妳的被子晃在客廳，好 who 雜。」

我：「是亂啦，是我們家好亂，不是複雜。」

羅比堅持：「全家都 who 雜！」

阿嬤帶羅比看醫生

羅比的阿嬤帶著羅比去看醫生。阿嬤進入診間，一臉憂愁，她用台語說：「醫生啊，昨天晚上我睡覺到一半，突然醒來，心臟蹦蹦亂跳，背很涼，肩膀很緊，手也痲痹……」

醫生拿著聽診器，有點擔憂地問：「怎麼突然這樣？」
阿嬤：「對啊，好不舒服，整晚我都因為這樣睡不著……」
醫生：「還有其他症狀嗎？」
阿嬤：「一直到早上，我的背還是好緊……我想大概是因為吼……」
醫生：「因為什麼？」
阿嬤：「因為我的阿孫發燒了，我想到覺得好擔心……醫生你千萬要幫忙他……」

#醫生忽然發現羅比坐在旁邊
#原來病人不是阿嬤啊

羅比與阿嬤，深深的祖孫情。

媽媽，妳覺得爸爸有不有一點奇怪？

有天我跟羅比躺在床上。

我說:「羅比，你才剛剛來到這個世界，像你這樣的寶寶，應該要有好奇心，媽媽跟你說，你有什麼問題，都要盡量提出來。」
羅比:「我，我沒有什麼問題。」
我:「你試試看，把心打開一點，想想看，你現在心裡面最大的問題是什麼？」羅比眼睛轉來轉去，好像很認真地想了一想。
我:「有想到嗎？你覺得最想問的問題？」
羅比:「媽媽……」
我:「怎麼樣？不要怕，只要是你想到的，統統都可以問。」
羅比遲疑了一下，終於開口:「媽媽，妳覺得爸爸有不有一點奇怪？」

#有有有我有覺得
#連三歲小孩都發現事有蹊蹺

另外，羅比的金牛座靈魂越來越重了。

他最近的口頭禪是:「你是不是又在亂講？你為什麼要亂講？」
不過我不怪他，任何人跟彼得相處久了，都會自行變成金牛座。
比如說彼得在藥妝店試用過去角質產品後，突然問我:「欸，妳覺得我的臉這麼胖，是不是因為角質太厚啊？」

#你是不是又在亂講
#你為什麼要亂講
#好好做人不行嗎

我是這樣想的，奇怪的父親，造就有批判性思考的兒子，
塞翁失馬，焉知非福。

以後你想當什麼，都會成功的

羅比前天去我的表妹的婚禮當花童，一開始他緊張得要命，連飯也吃不下。

羅比：「媽媽，我好緊張……」
我：「上學跟當花童，哪個比較緊張？」
羅比：「當，當花童太難了。」
我跟他說：「你這麼可愛，才能當花童，等你當完花童，下禮拜上學就可以跟老師說！」

羅比嚴正拒絕：「不，不可以跟老師講！」
我：「為什麼？」
羅比：「因為，要是老師結婚，也叫，叫我去當花童怎麼辦？」

#想這麼多

典禮開始，門一打開，羅比就一路撒花瓣，雖然有點跟不上旁邊的另一個花童姐姐，但至少這個花童有把整條路走完，當得算是還可以，他的外公（也就是我爸）立刻對羅比稱讚有加。

外公眼冒愛心誇張地說：「羅比，你看你這麼棒，當了花童，剛剛撒花的時候那麼專注，以後你想當什麼，都會成功的！」
我在旁邊偷笑。
外公意猶未盡繼續強調：「羅比，我跟你講，一個人當花童可以當得這麼成功，以後，他就可以當中研院院長！」

#這是什麼呢這就是鐵粉

今日是花童，明日必定入中研院當院長呦！

同事也值得感謝

繼續勵志書中的感謝練習。

除了家人以外,我也想要感謝我有很棒的同事,他們在工作上支持我,也讓我平常生活得很快樂。

記錄如下:

1 周末有四個同事來家裡,陪我看了兩部不知所云的大爛片,要同時租到兩部非常難看的爛片真的不容易,但我卻辦到了。

2 今天中午跟同事一起吃飯,他們都吃飽了,所以負責說話,短短半小時聊了好多笑話。我好感謝我只要肚子餓,就有人陪我去吃飯,還有信手拈來的笑話可以聽。

3 我發現自己漸漸不需要什麼事情都懂,我的團隊越來越好了,他們絕對是讓我人生過得順利的好夥伴,我眼睛一抬起來就會看到所有人,他們好可靠,用看的就知道。喔,今天還有新來的同事幫忙看一封國外發來的英文信,我以為那封信我一定看得懂,其實我完全看錯。

4 昨天跟國外來台出差的同事吃飯,聊了很多工作的事,一邊吃麻糬,她一邊雲淡風輕地說,「要不要把妳的煩惱,就讓老闆來承擔呢?」她的建議實在好精闢,完全說服了我。

5 謝謝我的老闆,我經常給出魯莽的意見,他都認真考慮我的想法,下午閒聊時我跟他說,有個客戶想要試駕某個品牌的新車,他居然立刻打電話安排好了。老闆人真好。

6 我跟一個男同事說，結婚後有個難題，就是我很不習慣叫我的公公爸爸。

我：「因為多年以來我自己的爸爸不是他，看到公公要叫爸爸，就像看到熊要叫他馬一樣，突然要改口好難⋯⋯」

同事想了想，然後給出了建議：「我跟妳說，妳叫他的時候，妳就不要把他想成爸爸。」

我：「那要怎麼做？」

同事爽朗表示：「妳就假裝他的英文名字叫 Bob。妳明白嗎，他不是爸爸，他是 Bob，然後你把尾音的 b 發音小聲一點。」

於是這個問題就好順利地解決了。

「嗨！Bob！你好嗎？」
「晚安，Bob，吃過飯了嗎？」

彼得的超級護衛隊

羅比變成彼得的超級護衛隊，超討厭的。

之前去美國的時候，彼得開著車，然後說：「咦，這個停車場怎麼大家都左轉，那這樣我要右轉。」

結果發現右邊根本沒有路。

我忍不住抱怨：「你就是這樣，每次都不跟別人走一樣的，然後就會走錯路，以後我都不要聽你的。」
羅比馬上跳出來替爸爸講話：「媽媽，妳不可以罵爸爸，他沒有錯，他，他只是腦子不好，要看神經科！」

#彼得感謝您的全力辯護

彼得最讓我受不了的地方，就是他有一個兩星期法則，不管我交代什麼事，無論是重要的大事或是簡單的小事，平均來說，他都要花兩星期才能做好。

有次我在車上，又發現彼得忘記我請他幫忙的事情，我臉很臭，彼得偷偷從後照鏡看我。
此時羅比又跳出來保護爸爸：「媽媽，妳，妳不要罵爸爸喔！」
我反駁：「可是爸爸自己都知道做錯事，他剛剛還從後照鏡偷看我！」
羅比：「那，那妳不要看他，妳看窗戶外面。」
我：「我看窗戶外面要幹嘛？」
羅比：「……妳看看窗戶外面，有沒有別的，別的擠較喜歡的人！如果沒有，也沒辦法！」

 # 總裁的建議好實際

坐在後座，我跟羅比大眼瞪小眼。

我繼續說：「可是我真的很想罵爸爸，他都不記得我請他做的事情。」

羅比：「妳想一想，爸爸，他真的很累，他，他要做很多事情……」

我：「像是什麼？」

羅比：「爸爸要滑手機，還要，還要一直睡覺，睡起來，還要再滑手機，他真的很累！」

 # 總裁平時不捅人一捅好大洞

我：「那羅比，你說說看爸爸有些什麼優點？你講一個他最大的優點。」

羅比語重心長：「他的優點，就是他跟妳結婚，還……」

我：「還怎樣？」

羅比：「跟妳結婚還沒有離婚！就是他最大的優點！」

 # 我也被總裁捅了
 # 跟你結婚還沒有離婚才是我最大的優點

皮球導致失明

我們家外面有個長形走廊，羅比很愛在那裡踢皮球，一踢就是踢個沒完沒了。

我跟彼得發明了一種踢法，羅比站中間，父母站兩頭踢，羅比可以自己決定要把球踢給哪一邊，不幸地，羅比很快就發現三個人之中，自己是一直在跑，跑最多的那個人。

羅比：「不，這樣不行！」
我：「怎麼了？」
羅比：「你們，你們都沒有動啊。」
我倆沉默。
羅比：「現在開始，你們踢，踢到球，就要跑！」
我：「跑到哪裡？」
羅比：「踢到球，的倫，要跑到對面！」

因為這個新規定，我踢球踢到要累死了，我百般勸導：「羅比，媽媽好累，我要休息！」
羅比總裁才不管：「媽媽不累，媽媽多練習！」

所有說法羅比都不領情，我在百般無奈之下，心生一計。踢出一球後，我把手放在眼前晃一晃，露出驚訝的表情。

我開始慘叫：「啊！啊！啊……」
羅比緊張：「怎，怎麼了？」
我：「啊啊啊！」
羅比：「媽媽妳怎麼了？」
我：「我，我失明了！」
羅比：「失明是什麼？」

我學馬景濤戲劇化的雙腿跪地，摸著地板：「媽媽看不到了！太慘了，我失明了！」

在羅比驚慌中，我便一路爬回家去，留著彼得繼續踢球。彼得看著我在走廊摸地爬行，露出妳這個小人我怎麼會娶妳的表情。

又踢了好久的球，羅比總算開門進來，發現我正坐在客廳吃餅乾看電視。

羅比：「媽媽，妳，妳怎麼在看電視！」

我只好趕快說：「什麼電視？我，我都是用聽的！」

#教育是長遠大計
#可是都沒有人教我要怎麼處理兒子的體力

昨天我們去台北大學散步，天氣好熱，羅比全程都要彼得抱著。

彼得看著大學裡的地圖標示，突然很緊張的表示：「羅比！你看這個地圖！」

羅比：「怎麼，怎麼了？」

彼得：「這地圖上面寫，小朋友要自己下來走，不能抱。」

我跟著附和：「真的耶，地圖說，小朋友都要用走的！一直抱，地上有炸彈會爆炸！」

羅比不語。

彼得：「怎麼辦？現在怎麼辦，地圖都這樣講了。」

羅比冷淡回應：「沒關係啦，地，地圖可能寫錯了。」

#到底用什麼可以說服你
#寶寶寧死不落地

周末好長，我跟羅比已經沒什麼話題可以聊，所以我們只好開車出門亂逛一通。

羅比很喜歡周杰倫的歌，他目前已經會唱〈陽光宅男〉、〈牛仔很忙〉、〈公主病〉、〈聽媽媽的話〉、〈黑暗騎士〉和〈告白氣球〉。

我們為了能聽到一些新歌，每次在羅比問下一首是什麼的時候，我們都會說，這次讓YouTube推薦好嗎？

這樣幾次下來，在車上，我突然想跟羅比聊聊天，一首歌結束後，我問羅比：「羅比，你猜猜看，這次YouTube會推薦哪一首歌呢？」

羅比露出百般無奈的表情。

彼得跟著加入我們的話題：「來，趁下一首歌還沒開始，快點，我們來猜下一首歌YouTube會推薦什麼！」

然後我聽見坐在後座安全座椅的羅比冷靜的表示：「唉，YouTube，會，會先推薦，廣告吧！」

#總裁好精闢
#果然是精通YouTube社會觀察家羅比

聖誕老公公和土地公杯

聖誕節來了，街上都是聖誕老公公的裝飾。

我指著百貨公司前面聖誕老公公的布置，跟羅比說：「你看，那個就是聖誕老公公！」

羅比：「那個人嗎？」

我：「對，就是那個阿伯，他是聖誕老公公，他有很多禮物，要送給小朋友。」

胖胖的聖誕老公公人偶，留著鬍子，露著微笑，看著我們，羅比抬起頭，皺著眉頭，看著他。

我：「欸，羅比，你覺得聖誕老公公怎麼樣？」

羅比搖搖頭：「我不知道。」

我：「你看他的樣子啊，你跟我說，你覺得聖誕老公公怎麼樣嘛？」

羅比：「他，可能，很喜歡，紅色吧。」

#不是叫你分析聖誕老公公這個人
#眼見為憑的金牛座絕對不做沒有根據的判斷

因為晚上有幾個同事，要來家裡一起過聖誕節吃聖誕晚餐，所以今天傍晚我匆匆忙忙地開始添購聖誕裝飾，跑到賣聖誕玩具的太原路上逛，聖誕節對店家來說似乎已經結束了，大家都在收東西，現場一片狼藉，我東張西望也沒有人理。

我：「請問這個聖誕帽多少錢？」

先是櫃檯的太太很驚訝地說：「妳還要喔？」

我看了標價然後點點頭說：「對啊，請問是一頂七十元嗎？」

對方瀟灑表示：「我們已經隨便賣了。」

我：「那要多少錢？」

對方：「妳要幾個？」

我：「七個。這樣要多少錢？」

對方：「七十」。

我：「喔喔，所以沒有打折嗎？一頂還是七十？」

對方望著我一副妳有事嗎的臉，我好緊張趕快掏錢。

她嘆了一口氣接著說：「一頂十元，總共七十。」

#折扣好深大家快來買

#我才走出門店員太太就轉頭跟老公說哎呦我又賣掉七頂耶

#老公還驚嘆說蝦米攏有郎要買喔

#奇怪我做人有計畫先存起來明年用不行嗎

因為怕聖誕節當天早上才拆禮物，羅比會發癲要大玩特玩不去上學，所以我們在前一天晚上就把聖誕禮物給他了。

總裁一開始還不太相信地說：「可是，可是今天是聖誕夜啊？聖誕老公公，不是才要開，開始送嗎？」

我：「聖誕老公公住我們家這邊，很近啦，所以會第一個送來。」

羅比：「……喔。」

我趁羅比跟彼得一起在廁所刷牙的時候，把禮物藏在房間裡的角落，然後把手機放在房間的抽屜裡，開始放起聖誕音樂。

我煞有介事地跑出來，用演舞台劇的方式對著滿嘴泡泡的羅比說：「欸，羅比！欸，羅～比～你聽（兩手放在耳朵上），你，你有沒有聽到音樂？好像聖誕老公公已經來了？哇，他～來～了～」

#從山頂上輕輕地爬下來了

#我演全套

羅比一開始聽力極差，明明音樂就是從房間傳出來的，他老兄一直跑到客廳，把耳朵貼在客廳玻璃上，說是外面的音樂啦。

我自己在那邊戲劇化演出:「不是不是,羅比!我覺得,我覺得是聖誕老公公駕著雪橇來我們家了〜他〜來〜了〜」
羅比搖搖手,小圓臉繼續貼著玻璃,接著老派表示:「這種歌吼,應,應該是,百貨公司那邊在放……」

#金牛寶寶你好歹跟我一起幻想一下
#做人不要那麼務實

等到我手機裡的那首聖誕歌曲,都播到快要結束了,我們夫妻倆才死命把羅比拖到他的房間外面,硬是把羅比的頭壓在木門上(喔我可愛的門片跟地板對色對得好美,這就是我的聖誕節禮物),總裁這才發現音樂真的是從他的房間裡傳出來的。

羅比高興不已,急著要開門,彼得說等一下等一下,你慢一點,因為聖誕老公公從窗戶爬進來會被你嚇到。

其實彼得是要去拿手機替羅比拍照,但他嚴厲地聲明:「羅比,你想看到聖誕老人墜樓嗎!」

#不是說好是平安夜嗎

總算一切就緒,羅比開了門,音樂還在唱著,一切都溫馨美好。然後,不知怎麼的,總裁發現音樂是從手機傳出來的,他從櫃子的抽屜裡拿出手機,然後用柯南破案的神情說:「媽媽,聖,聖誕老公公偷妳的手機放音樂!他,他為什麼!」

#聖誕老公公你要借手機就說一聲
#幹嘛偷拿別人的東西還放自己的音樂
#這個穿成紅色的賊

羅比得到的聖誕禮物是一個小小撞球檯,昨天我本來想要送現成的

橡皮擦，彼得說不然就送膠帶。

我：「他有喜歡膠帶嗎？」
彼得拍了一下頭：「啊，我上次有送過他閃亮膠帶，十塊錢，哎，已經送過了，怎麼這樣。」

#你覺得很遺憾嗎

我們繼續討論。

我：「還是送冰淇淋一杯？他很喜歡冰淇淋。」
彼得：「好是好，但要怎麼藏？」
我：「不就是藏在冰箱嗎？」
彼得：「那這樣我們明天要比羅比早起耶，還要一大早把冰淇淋從冰箱拿出來藏好……」

最後一刻，懶惰的夫妻倆覺得一大早就要藏冰淇淋太累了，所以我們在店關門的時候趕快去買看看，幸好地下街什麼奇怪的東西都有，最後一個撞球檯就被我們買走了。

#是的我們買架上展示的商品
#店員說是最後一個
#要是店裡的魚缸有魚我也會撈走

羅比很喜歡那個撞球檯，他問：「聖，聖誕老公公怎麼知道我喜歡看斯諾克！」
（註：斯諾克撞球是在第四台兩百多台的一個國際賽事，羅比愛到不行，一直在熱烈收看斯諾克世界錦標賽）

我：「可能是聖誕老公公知道你的願望啊。」
羅比自我感覺超良好：「還，還是，聖誕老公公覺得我是最會打撞球

ZONG CAI SHIH ZIH TOU

的四歲小孩？」

 # 也是啦
 # 你要驕傲就驕傲
 # 幹嘛反問

承上，深愛去廟裡拜拜喝茶的羅比，很關心土地公杯。

今天早上羅比問：「媽媽，我，我是不是不可以抽菸？」
我：「對，你不可以抽菸，抽菸的話肺會黑掉。」
彼得跟著補充：「還有喔，別人在抽菸，你也不可以去聞。」
羅比：「為，為什麼？」
我：「因為所有燃燒過後冒出來的煙，都會讓肺黑掉。」
羅比突然緊張起來：「那土地公杯怎麼辦？阿嬤天天都有燒香，土地公杯的肺怎麼辦！」

 # 土地公杯祢聽到了嗎
 # 聖誕佳節有人關心祢的肺

羅比還問我：「媽媽，土地公杯知不知道聖誕節要來了？」
彼得回答：「祂喔，祂可能不知道吧。」
羅比不以為然：「祂一定知道！」
我：「你又知道土地公杯一定知道？」
羅比握拳：「聖誕節來了，土，土地公杯，走在路上，怎麼可能沒發現！」

 # 也是啦街道突然變得那麼閃亮
 # 土地公杯巡邏時應該會買個墨鏡吧

隔天姑姑送的禮物到了，大門一打開，就包裝得漂漂亮亮地擺在門口，是一雙球鞋。

我：「啊呦，會不會是送給隔壁的小孩啊？」

彼得：「應該是聖誕老公公有多的禮物，最後又送回來了。」

（是因為他家離我們家很近的關係嗎！）

多疑的總裁這下又懷疑起來：「聖誕老公公，為什麼會知道我喜歡喬丹的球鞋？」

我：「我覺得聖誕老公公什麼都知道啊。」

羅比：「可是……」

我：「可是什麼？」

羅比的臉不能更加困惑了，他說：「可是我想要的東西，都是跟土地公杯講的！」

#就跟你說不要什麼都跟土地公杯講

#土地公杯這個人什麼都好就是嘴巴最大了

後記——

因為今天傍晚要快速採買，我終於稍稍明白家庭主婦的辛苦，真的好忙要買這個又要買那個，這個那個都不在同一個地方，跑到一家店裡，要自己選款式，還要比價，忙得要命。而且賣場裡紙杯有八種，我得要一個一個抽出來看，結果這些紙杯，除了標價不一樣其他都一樣，這到底是什麼意思……

另外，走在路上，聽到別人吵架我也要停下來偷聽，天一下就黑了，時間過得好飛快。

說到這個，光是今天，我已經看到兩組情侶在路上吵架了。其中一組，女生穿得紅通通的，對著穿得綠油油的年輕男生說：「我為什麼要聽你的！」

我本來只是路過，但那個女生接著把麋鹿頭飾摔在地上，然後大叫說：「我為什麼還要聽他的？」

咦咦咦，他是誰，害我一個大媽就忍不住停下腳步，綠燈也不過馬路，假裝滑手機繼續聽了。

總而言之我聽了半天還是聽不太懂，只看到那個男的很無奈地扯著自己的綠披風上面的星星。

我超想指著他們的聖誕髮飾問：「如果你們這些都不要的話，我十元全收！」

#不要吵架今天我們都聽聖誕老公公的

假期來到尾聲，我偷偷問羅比：「那你到底相不相信世界上有聖誕老公公呢？」
羅比：「蛤？」
我：「羅比，你覺得聖誕老公公是真的還是假的？」

面對這個問題，總裁倒是超坦然，他撞了一顆球，淡淡地說：「禮，禮物是真的，就好了。」

我愛演唱會但彼得不一定

這一篇，收集了所有我們去看演唱會的回憶，我非常喜歡去看演唱會，彼得還好，也是因為這樣，在五光十色的演唱會中，他看的都是一些別的東西。

第一篇是鄭中基

凌晨一點半，我跑到臥房跟彼得說，我有點想要去看鄭中基在台北小巨蛋的演唱會。

彼得：「妳怎麼突然想到這個？」

我：「我滑手機看到新聞的，演唱會就是今天，我真的好想去，怎麼辦？」

彼得：「那妳買票了嗎？」

我：「沒有，我正在看拍賣網站上面，好像有人在賣，可是我忘記我的奇摩帳號了……沒關係，買得到就去看……」

我說完就跑到另一個房間，繼續尋找我失落已久的拍賣帳號跟密碼。我以為彼得睡著了。可是二十分鐘後，他穿著彩色的睡衣跟戴著厚重的眼鏡走進來。

彼得：「妳有看過售票官網嗎？」

我點點頭：「有啊，可是我找不到兩個連在一起的座位，所以只好到拍賣網站找了。」

彼得把他的手機給我看：「妳看，剛剛這裡我找到兩個空著的位子，我們趕快來買。」

半夜兩點鐘，我們買好了票。

耶耶耶！我們要去看演唱會了！

我好興奮。除了在夜晚穿著鮮黃跟寶藍色調的睡衣有點刺眼以外，我對身邊的這個男人感到前所未有的滿意。

#平淡之中製造一點點浪漫

隔天晚上 7：09 分，我們坐捷運到了小巨蛋。
周邊有很多攤販，在招攬生意。

攤販：「先生，先生？要買螢光棒嗎？」
彼得一臉疑惑，轉頭問我：「他為什麼要賣棉花棒？」
我：「什麼？」
彼得：「剛剛那個小販在問要不要買棉花棒！」
我：「他明明就說是螢光棒！」
（而且大家在賣什麼用眼睛看就知道了不是嗎！）
彼得：「喔喔喔，畢竟是鄭中基演唱會，我在想是不是因為觀眾年齡層比較高，難免有點耳背要挖一下……」

#只有你聽成棉花棒少在那邊拖別人下水
#螢光棒不用了我先生早就穿成螢光棒本人了謝謝

我們入座。

彼得指著斜前一排的兩個座位給我看，「妳看，這兩個座位我半夜看到本來也是空的……」
我點點頭。
彼得連忙問：「欸，要不要問他們，是不是半夜太太想要看演唱會才買的票？」

#為什麼要問陌生人這種無關緊要的問題

演唱會還沒開始，彼得東張西望。

彼得高聲宣布：「我猜觀眾平均年齡超過三十六歲。」

我正想大聲反駁，卻聽見隔壁的男人用著愉快的口氣說：「哈哈，上次看的是周華健的演唱會喲⋯⋯」

· ·

開場了，全場尖叫。鄭中基唱了一首粵語歌。

然後他說：「因為我聽說台灣人的廣東話很好，所以我特別去學了廣東歌！怎麼樣，我唱的標準嗎？」

#大家都笑了
#只有彼得說天啊鄭中基是香港人居然不會講廣東話

演唱會裡有一段，是一個老先生彈奏吉他。
老先生solo表演完以後，鄭中基向所有人介紹說：「他是我爸爸。」
我覺得好感動。
但彼得在我耳邊大吼：「哇，這麼省錢喔！」

鄭中基走向我們舞台這一側時，觀眾都要瘋了。
但彼得大叫一聲：「Ronald！」
讓我冷靜了下來。

#只有你知道他的英文名字吧

「請原諒我的坦白，別以為我什麼都不明白⋯⋯」

當鄭中基唱著〈你的眼睛背叛你的心〉的時候，我突然好有感觸喔。
當業務這麼多年了，對著一些客戶討論年約時，我腦中常常出現這首歌。

「你的眼睛背叛了你的心，為何不乾脆滅絕我對業績的憧憬……」

#業務之歌
#你的眼睛背叛了你的心別假裝你還介意我的痛苦和生意

總而言之，鄭中基是我青春時代的記憶。我對香港人特別友善，常常都是因為這些港星是我的年少啊。

演唱會結束以後，我對彼得說：「如果可以的話，我希望羅比可以當歌手，不要當醫生。因為我老了想要看兒子唱歌，不想看疑心。」
彼得說：「我也是，希望羅比開演唱會時，也能讓他的爸爸上台。」

#羅比加油

然後是張學友

因為朋友超強搶票功力，有幸能去張學友的演唱會。
我興奮不已，但彼得是臨時被拉去，算不上張學友的死忠歌迷。

出門前，我跟羅比說：「媽媽要去看張學友。」
羅比：「他，他是你朋友喔？」
我：「他很會唱歌喔！」
羅比：「你朋友，有周，周杰倫那麼會唱嗎？」

#總裁你有所不知啊
#張學友要吐血了

彼得最後一刻才趕到現場，他穿著短袖短褲，一副要去夜市撈魚的樣子。

我:「你怎麼這麼慢啦!」
彼得:「我帶羅比去買雞肉飯,人太多,我花很大力氣才說服羅比吃乾麵⋯⋯」

#票很貴耶老哥
#從飯改到麵很難嗎

演唱會上,很多粵語歌,雖然我有好幾首沒聽過,但還是在座位上靜靜欣賞,覺得很感動。除了過程中我一度發現彼得像個阿伯在看報,他還跟我借螢光棒,因為現場有點暗,阿伯需要光。

#好想打他
#最後我決定還是假裝不認識他比較好

最後散場時彼得說:「欸,妳看這個演唱會海報,我覺得張學友應該是找王力宏的圖來修的!」

#他是歌神他幹嘛要這樣
#帶彼得浪費錢也絲毫沒有愛的感覺

接著是蕭敬騰

因為前車之鑑,我決定拋家棄子跑去看蕭敬騰演唱會。
除了周杰倫、五月天以外,羅比也喜歡蕭敬騰的歌,出門前,這位幼童一直想說服我,老蕭演唱會,他才是應該去的那個人。

我出發前說:「哎呀,我現在要少喝一點水,免得等一下要尿尿。」
羅比:「妳,妳為什麼沒有包尿布?」
我:「我是大人,不能包尿布。」
羅比:「⋯⋯我有包尿布,不然,不然我去?」

我：「可是，可是三歲的小朋友不能去看演唱會耶……」
羅比火大：「妳有，有問過蕭敬騰嗎？」

#好我會找機會問一下他

最後是郭富城

周四的時候，跟彼得一起吃晚餐。
我跟彼得說：「好奇怪，我前一天夢到我去看郭富城的演唱會耶。」
彼得漫不經心地回答說：「他好像是有要來台灣開演唱會的樣子。」
我：「真的嗎？」

我拿起手機查詢，結果發現演唱會就是隔天，趕緊看哪裡還有位子，發現有一區還有一排有幾個空位，就在瞬間買了票。
這對於有選擇困難的天秤座來說，是一大創舉。

一時衝動決定去看演唱會，才發現困難重重。
第一是我去查了郭富城的演唱會歌單，只有四首我聽過〈對你愛不完〉、〈唱這歌〉、〈我是不是該安靜地走開〉和〈狂野之城〉。

我記得當初生羅比的那一天，肚子很痛，妹妹就在家放郭富城的〈狂野之城〉給我看。
我會在陣痛中間跟著郭富城搖個兩下，然後再繼續陣痛，是一組很好的搭配。
另外，還有一個現實生活上的困難，就是我們要怎麼樣甩掉羅比，順利地去看演唱會。

那個下午，我們好說歹說，羅比都不願意去阿嬤家。
最後我們實在無計可施，只好說：「羅比，等一下，爸爸媽媽要去拔牙。」

羅比:「為,為什麼?」

彼得:「因為牙醫只有現在有空。」

羅比:「騙人,妳的牙醫在,在哪裡?」

彼得反應很快:「在南京東路那邊!」

羅比跑到我房間交叉詰問:「媽媽,妳說醫生叫,叫什麼名字!」

我立刻快問快答:「郭醫師!」

羅比:「那我,我陪你們去……」

我:「不行,你也知道,郭醫師看到你,就也想要檢查你的牙齒。」

羅比:「可,可是我牙齒又沒有怎麼樣……」

我趕緊露出一個如反派般的邪惡笑容:「很難講喔,我跟你講,郭醫師是香港人,他對牙齒的看法,跟台灣的醫生一點都不一樣,到時候他看到你,你可能也要拔牙,人生裡面,很多事情,都是很難講……」

#就這樣羅比乖乖去了阿嬤家
#我們去小巨蛋給郭醫師拔牙了

帶著些微的愧疚感,坐捷運要出發去小巨蛋的路上,我突然想起跟彼得上次一起去看張學友演唱會的事情。

我:「你記不記得你還遲到,害我錯過演唱會開場。」

彼得露出微笑:「喔喔,對啊,因為我捷運坐過頭……」

我:「你當初明明說,你是因為羅比本來要吃雞肉飯,後來改吃麵,你重新去買,才遲到的啊!」

彼得:「是嗎?我這樣說嗎?哈哈,可能羅比也有點關係啦,不過正確來說,我會遲到應該還是因為我捷運坐過頭……」

#臭傢伙
#要不是我準備要看牙我就咬你了

後記——

為了「拔牙去看了郭富城醫師」，我一直因為自己說謊而良心不安，終於在隔天跟羅比懺悔。

我：「羅比，我有事情跟你說……」

羅比正在玩足球：「說，說什麼？」

我：「媽媽之前不是說，我要去拔牙嗎？」

羅比：「對……」

我深吸了一口氣：「其實，媽媽不是去看牙，媽媽喔，是去看演唱會……」

彼得坐在對面的沙發上，突然瞪大了眼睛，他露出你幹嘛啊下面水很深千萬別跳的臉。

羅比：「啊？」

我：「羅比，我跟你說，其實那個郭醫生是郭富城，他是歌手，不是牙醫……」

羅比還沒有完全想通，他皺著眉頭問：「他，他為什麼不是牙醫！」

我：「……因為長得那麼帥的人，就算一開始當牙醫的話，最後也會去當偶像歌手的。」

#這是什麼回答

羅比總算明白我的意思，他的眼睛巴巴地瞪著我：「所以，所以妳是在騙人！」

我點點頭：「對，我是騙子，我向你認錯。」

羅比用力踢了一下球，看了一眼窩在沙發裡的彼得，彼得心虛地假裝沒事看著天花板。

接著總裁用難以想像的成熟態度，轉過頭來看著我們兩個說：「以後！想去看演唱會就去看，以後！不要，不要說謊擠較好。」

#我跟彼得都低下頭來
#總裁走一個大家長訓話的概念

我愛郭富城。

那些留下來的家庭溫馨記憶

前幾天，看到一則劉軒與父親劉墉對談的文章，劉墉說：「親子之間，多留下溫馨的記憶。」

劉軒在文末補充說明：「無論我們今天希望為孩子建立什麼專注力、學習力、抗挫力、領導力……未來，當孩子隻身在外奮鬥時，給他最大幫助的，其實就是這些溫馨的回憶。」

我很贊同他的觀點，也覺得，所謂家庭，就是靠著這些不起眼的段段落落的回憶堆積而成的。

. . . .

爸爸去看電影，是談到家庭溫馨畫面時，第一個我想到的事情。
我爸很不喜歡吃飯，通常一天只吃一餐，就是晚餐，因為他說吃飽就會想睡覺很麻煩。

我記得有一次，爸爸帶我跟妹妹去看電影《酷斯拉》，他在旁邊的攤子買了炭烤雞腿，跟一杯木瓜牛奶，在電影開場前，匆匆忙忙地吃完，然後我們找到座位坐下，爸爸坐在最旁邊，他的耳朵就靠在野獸般吵鬧的電影院音箱上，呼呼睡著了。

直到《酷斯拉》的最後一幕，我爸才悠悠醒來，他睜開眼睛時，剛好看到變種大恐龍產下一些蛋，那些蛋正蠢蠢欲動，我爸從懵懂一愣趕緊定睛準備入戲。

接著電影立刻結束，我至今都記得爸爸露出那個莫名其妙的表情。

過了很多很多年後，另外一次，是有某家戲院推出了IMAX的觀影

體驗。

爸爸也是第一個跑去看，選了一部戲叫做《阿凡達》。

他回來的時候，面對我們的詢問，面有難色。

我記得他很痛苦地說：「那個銀幕好大，我座位選錯了，不小心坐到太前面……」

我：「然後呢？」

爸爸：「我跟妳講，那個IMAX，銀幕太大，連字幕都變得好長，妳如果坐到太前面，得要真的是阿凡達本人，才有辦法看《阿凡達》！」

· ·

收到一盒燕窩的禮品時，我的心裡有很多感觸。

那是很多年前，我們家附近開了一家家樂福，我經常去那裡兜兜轉轉，那時候也常買這個牌子的燕窩，因為阿嬤指定要吃。

我的阿嬤待人極好，卻律己甚嚴，二、三十年來，她每天早上都會在相同的時間做晨間體操，其中有一個動作是把手掌貼在地板上。我在寫這句話時，閉上眼睛，就能清清楚楚看見她嘿的一聲把腰彎下去的模樣。

曾經有個醫生說，因為膽固醇偏高，請她少吃一點蛋，從那句話之後，阿嬤這一生，都沒有再吃過一顆蛋。

阿嬤過世以後，我已經很多年沒有去買燕窩了，那是當年我們去愛一個老人家卻不直接說出口的方式。

而那些記憶歷歷在目，每當燕窩買回來的時候，阿嬤會在早餐時段，開一罐來吃，然後她會坐在籐椅上笑咪咪的朝我招招手，「阿嬰仔妳也喝一口。」

我總是作勢接過來,假裝抿一口,捨不得浪費任何一滴,就趕快再把那一罐小小的燕窩還到她手上。

那天禮盒寄到家裡時,阿嬤的神情,她笑起來側邊的虎牙,那些回憶就又回到心裡面。

我打開一罐喝看看,是冰糖甜甜的味道,我跟彼得說:「啊,這是我第一次知道,燕窩原來是這種滋味……就如阿嬤名字叫做冬蜜,是冬天的蜜糖。」

. . . .

如果要說彼得跟我和羅比,現在這個家庭中,有什麼溫馨的回憶,我覺得就是彼得一直胡說八道的這部分了。

我跟彼得說,收到燕窩這個產品的那一天,我心裡出現了一些很感人的畫面。

彼得立刻用妙麗的神情回答說:「我知道我知道,是不是有一隻燕子,牠少年就離家很遠……」
我:「你到底在說什麼?」
彼得繼續接話:「結果!有一天,那隻燕子,居然自己本人,帶著燕窩回家了!」
我:「……」
彼得:「哇,想到燕子爸媽看到自己的燕子小孩,還帶一些燕窩回來,這樣有沒有很感人!」

那天我們在車上,聽F4的老歌,叫做〈流星雨〉。

彼得在前座,趁著紅燈的時間,把手機裡的畫面轉給羅比看。

彼得指著裡面的周渝民說：「羅比，你看，這是爸爸年輕的時候！」

羅比瞇著眼睛，不太認同的樣子。

彼得還很熱情的說：「你可能有點懷疑，因為那時候爸爸還很瘦……」

我看著羅比：「羅比，你覺得那個男的像爸爸嗎？」

彼得：「什麼像不像，那個男的就是我！」

羅比用平靜的語氣，開口了：「你們，認識嗎？」

彼得：「誰？」

羅比指著F4的其他三個人：「爸爸，你，真的認識他們嗎？」

彼得還在強辯：「認識啊，這個壯壯的是暴龍，這個喔，這個頭髮中分的是Vannes……他是外國來的朋友……」

羅比：「那，你怎麼認識他們的？你們，你們是高中同學嗎？」

彼得：「不是，我們只是單純一起唱歌的朋友。」

羅比看看同樣坐在後座的我，我露出尷尬的笑容，表示爸爸要堅持他是F4的仔仔，我也沒有辦法。

此時總裁突然像偵訊組組長那樣大腿一拍，他加強口氣，接著說：「如果你們，真的，是朋友的話，那，你現在就約他們來我們家玩？你！你要不要！」

#現在立刻下一秒叫F4來我們家合體啊
#總裁破案

後記——

除了聲稱自己是周渝民，更過分的是，彼得在〈流星雨〉歌曲播放的狡辯過程中，他居然指著朱孝天說：「羅比，你快看，這個人是姑姑！」

CHAPTER

5

總裁走進校園，祝大家學業進步

總裁上學去

羅比去上學前,我戒慎恐懼地,把所有在校園裡可能發生的負面事件,統統都在腦子裡演練很多遍。

先是嘲笑。

從小到大,我的大鼻子一直都很大。
小學的時候,有個男同學還特地打電話給我以明心志,他在電話的另一頭,振振有詞地對我說:「我不可能喜歡妳,因為妳的鼻子太大了。」
我氣得半死,因為我一點也不喜歡他啊。

就是因為這樣,一直到現在我都還記得他的名字。
一直到現在,我在鏡子裡看到自己的鼻子,就想到他,好像他的名字刻在我的鼻頭上似的。

喔,又想起另一件事,七八歲的時候,我在操場跟同學玩,大家都興沖沖跳到單槓上,我猛跳了好幾次才抓住槓子,旁邊的女同學問我:「欸,妳是扁平足嗎?」

我又猛跳了好幾下,她轉頭跟其他排在後面的小朋友講,我媽媽說扁平足就是這樣。這件事情我也好受傷,我只是比較矮。我的腳底板,上面也寫著那個女生的名字。

這一陣子,有個大學的性侵案吵得沸沸揚揚。

我好煩惱,晚上睡不著,問彼得看法。
我:「你說說看,要是有人性侵你的孩子,你會怎麼樣?」
彼得斬釘截鐵表示:「我會打掉他的牙齒!」

我沒說話，對於彼得的答案還算滿意，開始準備睡覺。

這時彼得轉著圓圓的眼珠，突然補充說明：「等一下，我想了一下，其實要打掉別人的牙齒沒有那麼簡單……」

我：「所以呢？」

彼得又再度握起拳頭：「所以，要是有人性侵我女兒，我要先問他有沒有牙周病，他如果有，我再用力打他的牙齒。」

高中時，我曾經暗戀一個男生。那個男生叫做小龍眼（化名）。

有一天，我的朋友跟我說，她的朋友聽說，小龍眼因為當兵的時候，被連長欺負，所以自殺未遂，現在變成植物人了。我簡直不敢相信，但是說的人言之鑿鑿，令人傷心欲絕。

我趕緊跟其他兩個好友講這件事，這兩個好友當初也很愛小龍眼，我們聚在一起討論，心情非常沮喪。結果，有一天我去看病，在診所裡，我看見長大的小龍眼。

我小小聲問彼得：「你看，那個人，他是不是小龍眼？」

彼得轉過頭，看到小龍眼背著一個小孩子，在診所的角落走來走去。彼得一臉像是看到鬼，他在診所大叫起來。

彼得：「天啊，他醒過來了？哇嗚哇，這就是台灣醫學的奇蹟啊，這絕對是奇蹟啊！」

其實小龍眼根本沒有變成植物人，而是一則校園惡意的流言。

後來彼得在球場上還遇到小龍眼一次，好手好腳在打球。

我：「搞什麼，我變成一個會亂編八卦的人了。」

彼得不以為然，他說：「說不定小龍眼真的有變成植物人，然後又重新站起來了，啊啊，真不容易啊，看他在球場上的表現，身體恢復得真好……」

回到正題，體形瘦小的羅比要去上學了。

他跟我一樣，比一般同年紀的孩子矮，生長曲線在5%，意思就是

一百個人輸給九十五個人。

每三個月我們會帶羅比回診小兒成長內分泌科,醫生總是問:「有沒有多吃飯,有沒有長高一點?」

上周末我去加班。

信義區有101,我指著那棟大樓說:「羅比,你看,101好高!」

羅比看著101問:「媽媽,101怎麼喇摩高,是不是,101,有吃很多飯飯!」

我回答:「對喔,101都不偏食……」

雖然我衷心希望,羅比在求學的過程中,一切都會順風順水無災無難,不過,關於謠言八卦嘲笑欺負這些事情,或多或少在長大的過程中,我也有經歷過,只願總裁能以自己的智慧,勇敢面對。

以下的這些文章,便是從頭開始,記錄羅比上學的故事。

有什麼監視器能比得上天眼

時光飛逝，轉眼間羅比就到了可以念幼稚園的年紀了。

就像國父革命一樣，我和彼得持續參觀幼兒園中。

（好吧，其實跟國父革命根本就不一樣。）

這周我們來到一家很奇妙的幼兒園，除了實施幼兒教育外，同時也是一間廟。

參觀日，家長紛紛提問——

「午休的時候，小朋友睡在哪裡？床上還是地上？」

「第一天上學哭鬧，該怎麼處理？」

「如果還沒有戒尿布，老師會幫忙嗎？」

「請問，小朋友的餐點，是中央廚房做的嗎？」

雖然教室在三級古蹟的寺廟中，感覺有點奇怪，但我越聽越覺得這邊的老師很有經驗。

比如說，他們分成兩個開學日，小班跟幼幼班提早二十天開學，中大班二十天後才開班，園長說：「因為三歲以下的小朋友第一個月需要適應，會哭鬧不停，所以我們把所有的老師都集合在一起，多一點人手，先照顧比較小的孩子。」

小班的課程，主要都在訓練生活自理。

彼得指著投影片說：「疊被、摺衣服、收碗盤、這些妳也都不會啊，妳也可以來共讀……」

我羞愧地點點頭。

（但我已經會拉拉鍊跟去廁所大小便！）

有家長問：「教室裡有監視器嗎？」

園長表示沒有。

我跟彼得說：「欸欸，我覺得神明就在你面前，老師應該比較不會打小孩吧……」

彼得也非常同意，他正義凜然地說：「對啊，有什麼監視器能比得上天眼。」

還有家長問：「因為要上班，可不可以把小孩早點送來？」

園長居然答應，自己可以七點就來上班。

（超大方。）

我：「這園長很好耶。」

彼得：「嗯嗯我也覺得。」

彼得一直很認真地在聽，到了尾聲，園長問：「還有沒有家長有問題？」

我小聲問彼得：「欸，你有沒有想問的？」

彼得想了一想，然後說：「我想問園長，有沒有人說過她長得很像芮妮齊薇格？」

#這個問題在說明會問合理嗎
#彼得說他沒有印象自己念過幼兒園
#因為你是外星來的啊

幾天後，經過朋友推薦，我們又去參觀了一間蒙特梭利幼兒學校。

我跟彼得從來沒有參觀過這種教育理念的幼兒園，基本上是抱著非常忐忑的心情去體驗。

出發前彼得說，「蒙特梭利好像很外國的感覺，等一下去參觀的時候，他們要講英文嗎？」好像非常擔心的樣子。

接待人員很有禮貌，對我們一一解釋他們的辦學理念，他們把每個

獨立的學習稱為工作，於是在現場，我們看到每個孩子都在位子上認真做事，羅比則是露出可疑的表情，保持一定的距離觀察著人群。

我問：「請問一個老師要帶多少個小朋友？」

行政人員回答：「我們大約是一比十五。」

我嚇了一跳，覺得一下子把羅比丟到十五個孩子中間，不知道他能不能接受。

接著接待的人帶我們去看，室內有個小水池，每周都可以游泳。

羅比立馬表示：「我，我不會游泳！而且我很矮！」

參觀教室時，孩子們坐在位子上做著被指派的工作，有的在剪毛線，有的在串珠珠，有的在拼布，樣子很可愛。

接待的老師說：「這些都是蒙式特有的教具……」

然後彼得在我耳邊說：「這些珠珠跟布，後火車站都有賣。」

我不理他，假裝沒聽到。

老師對我笑，我也對老師笑。

老師：「你們有什麼特別的問題嗎？」

我趕緊搖頭揮手表示沒有，而彼得又好像自行參透了什麼，他說：「哦呦！該不會蒙特梭利其實發源自大同區後車站！」

#爸爸有特別的問題請見諒

#我先道歉免得蒙特梭利告我

接著我們看到教室外有一面攀岩牆。

接待人員：「我們也讓小朋友在這裡運動……」

此時羅比高漲的情緒再也無法隱藏，他搖著頭重複強調：「我，我太矮了！」

我安慰他：「沒關係，矮矮的小朋友也可以爬啊。」

羅比負能量大量釋放，他說：「矮矮的小朋友，受不了！」

#晏嬰說他受不了

離開幼兒園，我們去旁邊的公園玩，我原本滿滿期待的心逐漸猶豫起來。

彼得：「妳在擔心什麼？」

我：「其實這幾家學校都不錯，只是一個老師要負責十五個小朋友，我覺得羅比可能不能適應……」

彼得點點頭，若有所思。

彼得：「不然……」

我：「不然怎麼樣？」

彼得：「不然我先去這間應徵當蒙特梭利的老師好了！」

#來自外星生物的提議
#自以為混過後車站的男人
#彼得正能量釋放
#蒙特梭利是你說要去就能去的嗎
#父子同時入園實在感人

我自己小時候就是拒絕蒙特梭利的小孩。

第一天上學時，就躲在角落哭，當一群小朋友快樂地一起堆著跟身高差不多的海綿積木時，有一個好心的小男生走過來，問我要不要一起玩。

我憤世嫉俗地說：「你還玩，你媽媽再也不會來接你了……你不知道嗎？你媽媽再也不會來了……」

我講了一堆理由支持小孩都早就被家長拋棄的論點，最後，那個小男孩索性拋下他的藍色長方體積木，坐在我旁邊跟我一起嚎啕大哭起來。

我記得有個老師走過來一臉不敢相信的表情。

而我只念了幾天就黯然退學了。

突然想起，彼得與我去參觀蒙特梭利幼兒園，那個介紹的人笑咪咪地，她的第一句話就說：「會來這裡參觀的家長，都是因為非常喜歡蒙特梭利的教學理念！」

我腦中出現那個被我弄哭的小男孩，他剪著短短的平瀏海，想到那些堆著高高的海綿積木，三十年前我是一個死都不要上學的孩子，一切真的非常荒謬。

講到這個我就忍不住提到我的爸爸。

我爸爸大學念的是師大教育系，所以關於教育的問題，我都會請教他的意見。
關於蒙特梭利，我爸甚麼都沒有說，只給我一個忠告：「不管發生什麼事，一定不要先付整個學期的學費！不然就會像我一樣，錢都拿不回來……」

不論教育學派教育理念多高級，面對一個死守四行倉庫絕不離開家門一步的臭小孩，他也只是一個荷包隱隱作痛的父親而已。

羅比的外公外婆，也就是我爸我媽，是羅比的忠實粉絲。
已經到了一種無以名狀全城熱戀的狀況。

有天我看著羅比，正在指揮全家把他抱來抱去，我感嘆地對著我媽說：「哎，再這樣下去，羅比跟秦始皇有什麼差別呢？」
我媽先是反駁：「怎麼可以說羅比是秦始皇！他才不是秦始皇！」我們坐在一旁，又看著羅比在家專政了一陣子。
接著我媽說：「如果，羅比變成秦始皇，我也會全力支持他的。」
我一驚：「焚書坑儒也支持嗎？」
我媽點點頭：「嗯，也支持。」

我又問了一次我媽：「說真的，羅比要是變成暴君，決定把世上的書都燒掉，妳還支持真的是很瞎耶！」
我媽字正腔圓地，緩緩地表示：「我相信羅比做這件事，是有他的原因。」

我媽一生都在出版業工作，但她回答得如此堅決，彷彿人生沒有其他選項。

我爸也很誇張。

有天，我很認真地跟他討論，如果為了下一代著想，應不應該送孩子出國的事情。因為我爸是個理智導向的人，我舉了各式各樣的例子：「我們的下一代，很有可能面對的是國際間的競爭，再加上少子化，我的同事都說，像我們這樣只是台灣國立大學畢業，也可以在外商工作的機會，下一代可能完全沒有了。」

我爸很嚴肅地聽完我的話，他在我說話的每個斷句時，都認真思考，外加點頭。輪到他發言時，我聽見我爸語重心長說：「嗯嗯，妳說的全都很有道理，可是妳要知道，這世界上，有些人是靠學歷吃飯，但有些人，則是靠臉吃飯的，像是羅比。」

#重點是他那語重心長的臉
#這不是鐵粉什麼是鐵粉

. . . .

因為替羅比物色幼稚園的過程有點曲折，我跟彼得便一面開始替他尋找家庭教師，就像海倫凱勒那樣，當作備案。

我以為羅比會滿排斥陌生人，沒想到當老師來試教的時候，他表現得倒是落落大方。
只是其中有一個老師離開後，羅比淡淡地表示：「我，我覺得這個老師，不好耶。」
我問：「為什麼呢？」
羅比：「因為，因為她有一點呆呆的……」
我：「怎麼可能老師會呆？」

中間的那位就是羅比的鐵粉外公。

羅比很為難，他皺著眉頭說：「玩黏土的時候，她一直，一直問我，這是甚麼顏色，那這是甚麼顏色，她，她什麼顏色都不知道！她呆！」

老師喜歡引導式教學難道錯了嗎

面試老師的過程中，也有擦槍走火的時候。
羅比想要吸引其中一位老師注意，於是欸欸欸地叫老師。
老師指正他：「羅比，欸是不好聽的字喔，你要叫對方的名字，不可以叫欸，知不知道？」
羅比立馬反駁：「可是，我根本不知道妳叫什麼名字！妳到底，有沒有名字？」

好嗆
媽媽感到緊張

面試完幾個老師後，已是傍晚，我們帶羅比出門去公園玩。
羅比像一隻放出籠子的鳥，不停地爬上爬下溜滑梯。
我覺得好累，於是對羅比說：「好了，我們回家吧……」
羅比伸出手指：「我，我要再玩……一、二、三、四、五……」
我接話：「五次嗎？好，我們就約定五次，再玩五次我可以接受。」
小矮子羅比抬著頭觀察我的表情，他顯然發現他自己只要求玩五次實在太少了。

我推著羅比的屁股：「快點，我們說好了，可以再玩五次啊！」
羅比伸出手，他大喊：「五年！我說我要再玩五年！」

五年都在這個公園溜滑梯媽媽我不想活了
這故事告訴我們幼兒雖然不會數數但還是可以靠換單位來搞瘋母親

面試了好幾次，終於遇到一個羅比比較喜歡的老師。

我看見羅比在老師面前，露出害羞的神情。

我鼓勵羅比：「去，去跟老師自我介紹一下。」

羅比講了自己的名字：「你好，我就是羅比……我九十公分……」

接著有點緊張地看向我。

我：「盡量把你想到的，都跟老師說呀。」

羅比接著光明磊落地說：「我感冒了，有很多痰，卡，卡在喉嚨裡，全，全都化不掉喔！」

#老師有點接不下去

#這是甚麼自我介紹多說點興趣愛好不要提到病情不行嗎

人的一生，不能只有帥而已

羅比今天要去試讀一個幼兒學習潛能開發的課程，七早八早羅比外婆就把他打扮好，脖子被立領卡得牢牢的，頭髮又大側分，一副要去提親的模樣，大家都很緊張。

一到現場，羅比表現得不錯，叫到他名字的時候。他就趕緊走上前，頭也不回地進教室了。接著有一個老師，跟一個助手，站在台前開始上課，試聽的課程很緊湊，有各式各樣的教具跟音樂。
一開始還滿順利的，羅比跟其他五個小朋友排排坐著，老師請大家試著畫畫。拼圖，分類蔬菜跟水果，羅比自己做好了。看到別的小朋友做得不錯，還會湊到他旁邊去幫他們拍拍手。

接著是講故事的單元和肢體發展的活動，老師按下音樂撥放鍵，傳來叢林跟動物的聲音，老師鼓勵孩子們站起來，像電視裡的幼幼台大姐姐一般：「喔喔，你們聽？叢林裡有大象！哇，是不是有大象腳步的聲音？好奇妙！小朋友們，讓我們一起跟大象一起走路吧～蹦蹦蹦！」
小朋友們都站起來了，在教室裡用力的踏步。

這時羅比狐疑的臉已經掩飾不住了，他大聲說：「哪裡有大象？這～裡～又～沒～有～大～象！」
害得其他小朋友也退縮下來，大家紛紛坐下，手足無措。

#掃興鬼

下一個活動，老師拿出幾個小熊軟糖，丟在一個盒子裡。
「大家仔細看，這裡有幾個小熊？」
小朋友湊過去往盒子裡看，研究了一會兒。
老師給大家看五秒，接著就把蓋子蓋起來，要小朋友猜。

老師：「請問，盒子裡面有幾個小熊？」

老師把盒子蓋起來的速度很快，我看了一眼，大概十個以內。

小朋友Ａ回答：「我知道，二十個！」

羅比露出一個「拜託喔」的臉。

老師很有耐心，露出笑容，又打開盒子幾秒，接著問旁邊的另一個小朋友。

小朋友Ｂ回答：「三十個！」

羅比又一副不以為然的表情。

我心裡想，開闔的速度那麼快，連我都沒有把握數得出來有幾隻小熊，難道羅比真的知道答案嗎？

老師這時帶著滿臉的笑意，轉頭問羅比：「羅比，你猜猜看，盒子裡面有幾個小熊呢？」

羅比癟癟嘴，又聳聳肩，接著露出放棄的表情說：「算了啦，妳就打開給我們看久一點好了。」

#如此厭世的金牛座寶寶

到最後數學單元的時候，羅比開始坐立難安，吵著要出去。

羅比：「真是的，數這個要幹嘛……」

我假裝沒聽到。

羅比拉著我的手：「媽媽，出去走走好了。」

我：「你聽！老師在唱數字歌耶！」

羅比：「我知道，但，我想出去走走啊。」

我：「我們跟其他寶寶一起玩嘛。」

羅比：「我想一個人。」

終於受不了，我把他抱出去，羅比立刻走到茶水間，看到彼得在吃餅乾。

羅比：「爸爸，你在吃什麼啊？」

課程還在上，羅比在教室外面走來走去，我看不下去，叫彼得去勸

勸羅比，彼得蹲在他面前。

彼得：「羅比，過來，你看，你穿得這麼帥來到這裡，但你只想要這樣嗎？我告訴你，人的一生，不能只有帥喔。」

#這是在講什麼

於是，我們繳了880元。羅比只上課十五分鐘，就下課了。

史上年紀最小的中輟生。

當我羞愧地想要趕快離開的時候，彼得正在猛吃教室外免費招待的米果仙貝。

我：「喂，快點，我們走了啦！」

彼得又開了一包。

我好想離開：「你幹嘛啦，快點走。」

彼得：「等一下啦，我多吃幾包，比較不虧。」

連我爸，彼得的岳父也走過來，悄聲勸我：「妳就讓他多吃幾包仙貝，880元，能賺一點回來也是一點。」

#假借試讀實為試吃

穿鞋回家的時候，工作人員熱情地招呼：「再見，再見，下次再來喔！」

老師也說：「第一次上課，很多孩子會沒有耐心，再多上幾次就會好很多了。」

羅比還轉過頭來，對著老師說：「哎～真的好可惜喔。」

#可惜什麼你這傢伙
#再多幾次我的臉往哪裡擺

總而言之是四個家長（外婆外公爸爸媽媽）和一個寶寶的失敗上學記。

後記——

其實兩周前，這個課程我們就來試讀過，只是上一次來，羅比在開始前就睡著了，所以再來一次。

本日課程結束後，彼得感嘆地說：「哎，這樣說起來，羅比上一次算是表現比較好的，我們應該見好就收。」

 # 還是讓彼得自己去潛能開發好了感覺他跟那些小朋友處得滿好的

晚上準備睡覺的時候，羅比還抱怨道：「上課好無聊。」

這時彼得跟羅比說：「爸爸只求你不要變文盲。」

我：「文盲是很低的門檻吧。」

接著彼得問我：「喂，文盲的上一階是什麼啊？」

我還沒回答，彼得就搶著說：「應該是文豪。」

 # 我滿確定不是的

阿轟，哈密

我又在網路上找到另一個親子課程的體驗，於是又帶著羅比試試看新的環境。

這一次，老師非常認真地教導羅比認識七大洲，「大家都知道七大洲是亞洲、非洲、北美洲、南美洲、南極洲、歐洲和大洋洲，對不對？」

我好丟臉，老師在發問時，羅比一直叫著澳洲澳洲。

老師溫柔地問：「羅比，那麼，你知道南極洲有什麼動物嗎？」

羅比搖搖頭。

老師拿起南極洲的拼圖，用很興奮的口氣說：「你看，南極洲有企鵝喔！」

老師接著拿起另一片拼圖：「那麼，大洋洲呢？羅比會不會知道，大洋洲有什麼？」

羅比繼續搖搖頭。

#彼得小聲說揚州有炒飯
#我瞪了他一眼

老師保持著溫柔的笑容：「大洋洲很特別，有野生的袋鼠，還有無尾熊！」

最後，老師拿起北美洲的拼圖：「那北美洲呢？羅比知不知道，北美洲有什麼動物？」

我以為羅比又要搖頭了。

沒想到他立刻回答：「北，北美洲有 Lebron James！」

我跟彼得都點起頭來：「對對對，Lebron James 是大猩猩！」

#說實在話LebronJames是地表最強動物喔
#老師看到這樣的一家人覺得尷尬

上完親子課，我們去吃虱目魚粥。

最近想讓羅比有數字的概念，所以我常常會特地使用數字造句。

我用誇張的口氣說明：「爸爸吃一碗，媽媽吃一碗，羅比呢？羅比吃零碗！」

羅比很不給面子，他平靜地表示：「媽媽，這時候，妳，妳就說羅比不餓就可以了。」

#咦總裁不喜歡零碗嗎

在教育這條路上，不是只有我碰壁，彼得也是很認真教羅比英文，但成效不彰。

早上，羅比穿鞋遇到困難，他對著我說：「媽媽，哈密，哈密。」

我：「什麼哈密？」

羅比：「爸爸說只要講哈密，妳就會來幫忙。」

我：「是 help me 啦！」

羅比露出廢話少說的表情：「快點哈密！妳哈密！」

#我哈you那虎can哈密

我想到哈密就笑得要死，沒想到同一天，羅比跟彼得出門回來，又在門口大叫：「阿～轟～」

我：「誰是阿轟？」

羅比聳聳肩：「哪知道，爸爸說回到家就要說阿轟。」

我問彼得，彼得無奈道：「是 I'm home……」

羅比走過來，好像想起什麼，他歪著頭問：「爸爸，阿公，是不是就叫做阿轟？」

#阿公的名字叫做阿烽啦
#阿轟哈密的孩子
#現在送何嘉仁還來得及挽回嗎

某次親子課程中的形狀練習，羅比硬要疊起來說是旋轉豪宅，
總裁還熱心地問老師想要住幾樓，老師臉僵，勉強說了我可以住三樓。

大，大致上沒有什麼問題

羅比年紀雖小，但很喜歡假裝自己是大人，喜歡用一些艱難的用詞來博取注意，最近有越演越烈的趨勢。

比如，昨天彼得在車上說：「羅比，你看，這家就是大倉久和飯店。」
我：「為什麼要特別介紹大倉久和？」
彼得：「因為我上次坐公車回家，有一次很想大便，就趕快下車，就是跑到這家飯店大的！」
我：「你講這個要做什麼？」
羅比坐在後座，用冷靜自持的口氣說：「媽媽，一般來說，突然想大便，是很自然的事情。」

#是臣妾見識太少少見多怪了
#什麼一般來說

昨天羅比上幼兒體驗課程，老師教導他數字的概念。
老師：「這是零，就是完全沒有的意思。」
羅比點頭，一副這個概念是一塊蛋糕很容易懂的樣子。
我問羅比：「所以你明白零的意思了嗎？」
老師：「那麼，有什麼東西會讓羅比想到零這個數字呢？」
羅比：「一般來說，我踩到大便零次！但爸爸不是零次！」

#有必要一早就報告父親踩到大便嗎

相對的，身為父親的彼得，一直在自己的世界裡童言童語。
我最近又開始追宮廷劇。
我：「你看，那個貴人又被下毒了，才會早產。」
彼得：「她沒有辦法小心一點嗎？」
我：「沒辦法啊，廚房到宮殿經手的人那麼多，誰知道誰會下毒！」

彼得感嘆:「要是所有懷孕的嬪妃都能叫 UberEATS 就好了!」

#你去跟乾隆建議啊

早上跟羅比跑去頂樓踢球,羅比一直指使我:「媽媽妳去撿球!」
我:「我踢球給你,為什麼是我要撿?」
羅比:「妳踢得不好,所以妳要撿!」
接著羅比把球踢過來,又叫我去撿。
我:「為什麼又是我撿?」
羅比嘆了一口氣:「我踢的,妳要撿,妳踢的,妳也要撿,妳不懂嗎?這是一般人的道理,妳不懂道理嗎!」

#什麼一般人的道理

大概是所有人都很愛問羅比上學上得怎麼樣,羅比最近都會回答:「大,大致上沒有什麼問題。」
每個人聽到都笑個半死,後來只要羅比覺得不耐,想要草草收場的時候,他就會用這個句型。

我:「羅比,今天早點睡覺好不好?」
羅比:「大,大致上沒有什麼問題。」
我:「羅比:你剛剛尿尿完有沒有洗手?」
羅比:「大,大致上沒有什麼問題。」
我後來忍不住問他:「你為什麼要一直講大致沒有什麼問題?」
羅比:「因,因為,醫生都這樣講!妳,妳開會也這樣講!」

終於來到這一天

九月的第一周，羅比就要開始上學。我不知道為了這件事煩惱過幾個晚上，但總裁只擔心自己不會喜歡其他小朋友。

#講得好像自己不是小朋友一樣

上學的第一天。羅比一開始很勇敢地放手走進教室，他在脫鞋的時候問：「媽媽，妳不脫鞋嗎？」
我試圖掩飾自己的緊張，假裝沒事地說：「嗯，我不脫鞋，媽媽不能進去教室。」
羅比憋住嘴，忍耐了一下，沒說什麼。

但總裁很快就發現其中鬼怪的地方，他先摸了摸玩具，看看旁邊的小朋友，接著他走過來，抱住我，在我耳邊說：「媽媽，我想我不會做到。」
我：「你是說你覺得自己做不到嗎？」
羅比：「嗯，我做不到。我想我不會做到。」
我鼓勵他：「你不要害怕，你就去玩。」
羅比在我耳邊說：「可是那裡我一個人都不認識。」
我是羅比認識的人，可是我卻不能待在教室裡，突然好希望自己就是幼稚園的小朋友。

羅比：「媽媽，我不知道他們是誰。」羅比用很明理的方式，指了指後方的那群小孩，他接著說：「等一下，我跟你們出去好不好？」
我跟彼得苦勸他，把他往教室裡面推，老師走過來，把羅比拉進去，在這一刻，羅比終於忍不住哭了。

有好多家長站著不動，雙腳像是被釘在教室外。

這些三四十歲的成年人，眼神都很像，表面裝作很勇敢，內心非常痛苦，很脆弱無助，根本就沒有比準備上小班的孩子好到哪裡去。一位老師走出來，勸大家趕緊離開，她有點無奈地說，家長站在外面，孩子很難安撫。

三十個小孩裡，大概有十個在哭，老師很難兼顧，她把哭得像關雲長的羅比帶到一個角落，拍拍他的肩膀後，便把他留在那裡，因為另外一個小男孩哭到趴在地上站不起來。

我回到家裡，在家搓著手，看著時鐘，只有秒針在動。
我答應中午就去接羅比，我們說好，先念半天就好。

但離中午，還有兩個多小時，我屁股好像從大壽桃的底端變成尖的那一邊，坐下去又彈起來。一想到自己小時候獨自在幼兒園的處境，就不能再多想下去。

十二點整，我們準時站在門口，有另外兩對家長一起。
羅比的阿嬤說：「我從11：43分就來了，等的時候心裡好苦。」
其他家長點點頭，阿嬤連幾點幾分都可以精確報時，可見大家的心都盪在半空中。
羅比被老師牽著來了。沒哭，但是一臉愁容，正午的陽光很刺眼，悲憤的關雲長，走出來的樣子好像剛剛吞了一場敗仗。

我問羅比在學校過得如何，以下總裁幾點報告：

1 我哭的時候，老師給我玩具，那個玩具可以按按鈕，我按了，看到上面有一顆東西在動，只有這樣。（表情失望）

   #難道按了要有錢飛出來嗎這又不是ATM

2 我很難過，一邊哭一邊溜滑梯，小朋友都擠在一起，沒有很安全。

#金牛寶寶安全第一

3 老師問我要不要上廁所，我說不要脫褲子，我尿在尿布裡就好，
　 但我有去廁所看一下。

#金牛寶寶凡事先看一眼

4 上課的時候，有玩氣球，老師把氣球弄破，我把耳朵摀住。老師
　 不知道為什麼，吹破好幾個氣球。

#羅比表示不解

5 我不知道其他小朋友的名字，我沒問，他們也沒說。

#怎麼這句話好像在寫歌詞

6 我跟老師講話，有幾次她都沒有聽到，她為什麼沒聽到？

#總裁不喜歡講話別人沒有聽到

7 老師叫大家一起喝水，要喝掉水壺裡的一半，我有喝。
　 「你真棒。」我說。
　 「只是喝水。」總裁回答。

8 我在等老師給我吃藥，也沒有，我在等老師給我吃糖，也沒有。

#又露出失望臉

9 中午坐在椅子上吃咖哩飯，大家太吵了，學校怎麼這麼吵。

#您要獨立辦公室嗎

我問：「羅比，你覺得上學怎麼樣？」

我猜想他的回答，要不可能會大吼著說我再也不去了，或是興奮地說我好喜歡。但總裁想了想，淡然表示：「我覺得還好。」

#總裁開學第一天

#他覺得還好

#明天再繼續加油

羅比開學的第一天，
老師對著他說，抱一下爸爸，就要勇敢進教室喔。

ZONG CAI SHIH ZIH TOU

妳老闆會說妳不吃青菜就不能睡覺嗎？

來到上學第三天，羅比一反前兩天的冷靜面對，進入了全面抗爭的階段。

早上醒來，他不願意穿上學校的圍兜兜，以為只要這樣，就不用去學校。

晚上，我決定跟羅比好好討論──

我：「羅比，你說說看，你最不喜歡上課的地方是什麼？」

羅比：「是，是中午。」

我：「什麼中午？」

羅比：「中午，老師會叫我吃飯，一定要吃光，我不喜歡。」

我：「那你有沒有跟老師說你吃不完？」

羅比：「我有說，有說要帶回家吃，老師說不行。」

我：「還有呢？」

羅比：「我也不喜歡吃青菜，我，我會吐。」

我自己也很討厭吃青菜，突然不知道該怎麼回答比較好。

羅比繼續問：「妳，妳老闆會這樣嗎？」

我：「啊？」

羅比：「妳的老闆會叫妳吃午餐嗎？他，他會說妳不吃青菜，就不可以睡覺嗎？」

我坦白回答：「好像不會，我的老闆好像自己也不喜歡吃午餐的樣子。」

羅比露出黯淡的表情：「唉，妳老闆，人真好。」

#被你這樣一說我也覺得耶

羅比超級實事求是。

今天他跟我說，他在學校有認識一個朋友。

羅比：「我們一起玩。」

我好開心，便一直追問羅比的新朋友的事。

我：「那你的新朋友，他叫什麼名字？」

羅比：「他說他叫傅○○。」

我：「那他是男生還是女生？」

羅比：「男生吧？咦，我不知道耶！」

我：「你為什麼不知道他是男生還是女生？」

羅比：「我們只是一起玩，我看不出來他是男生還是女生。」

我：「用看的看不出來嗎？」

羅比：「我們沒有，沒有一起去上廁所。」

我：「你自己想一想嘛？你覺得他是男生還是女生？」

羅比堅決不做出個人判斷：「那，那我明天問他一下好了。」

#不要問啦特別問了就傷感情了

前天是我媽生日。

羅比表示：「今天是外婆生日，我要請假。」

我：「你請假要幹嘛？」

羅比：「幫外婆慶祝。」

我：「那你請假半天。」

羅比：「為什麼？」

我：「晚上才要慶祝，你只要下午請假就好。」

羅比皺起眉頭道：「有人生日只有半天的嗎！外婆生日，我整天都要慶祝！」

#總裁好嗆

在深深的夜裡，羅比對著我說：「媽媽，我不想去上學，妳把書包跟圍兜還給老師，我們不要了，我求妳了。我求妳。」

我心裡很難過。

我：「羅比，我們再試試看好嗎？」

羅比:「……媽媽,我是好人,對嗎?好人可不可以不要去上學?」

我:「……」

羅比繼續進逼:「媽媽,妳也是好人,對嗎?」

#我想我們都是好人

今天晚上開家長座談會,我跟彼得一起去。在路上我跟彼得討論,要三歲的小朋友交朋友真的很難。

我:「他們又不認得字,不能用貼名牌的方法,知道對方叫什麼名字……」

彼得點點頭。

我:「或許可以建議老師,在小朋友身上貼動物的圖案,這樣老師就可以說,小馬的去找另一隻小馬,小雞去找另外一隻小雞,這樣他們就可以一起玩了。」

彼得:「對,配種,配種很有用。」

#我是說配對好嗎

家長座談會,彼得一直在我旁邊囉哩囉嗦。

有個謙虛的家長對老師說:「我的小孩很倔強,喜歡說反話,是我教得不好,請老師多多費心。」

彼得悄聲道:「只不過有點倔強,這樣哪算教得不好,羅比還會性別歧視怎麼辦?我們要怎麼跟老師講?」

一個家長問:「我的孩子說他不想上學,一直哭,我們要不要深究一下是什麼原因?」

我轉頭跟彼得說:「就是不想上學所以一直哭,不用深究原因,我不想上班的時候也是一直想哭。」

另一個家長說:「老師,我的小孩不喜歡吃肉,餵他吃飯時,他會把肉跟菜分別留在嘴巴的兩頰裡,只把飯吞下去,最後吃了一堆飯後,他會一次把之前存在臉頰裡的肉跟菜吐出來。」

彼得對著我說:「這個小孩一定是接吻高手!」

#好想假裝我沒有嫁給這個男人

最後,老師談到羅比在學校的情況。老師表示:「羅比是一個很會表達的小孩,他話說得很好,也會制定規則。」老師突然笑了起來,「今天羅比跟我說,老師妳只能牽我兩次,一次是進教室,一次是放學,只能兩次!」

#莫名其妙的孩子
#羅比事後說因為老師牽手很用力有點兒痛
#所以只好限制牽手次數嗎

跟宇宙下單請假

羅比不想上學的事情持續延燒，居然自己跑去跟老師說他明天會請假，不會來，老師信以為真，還跟來接的阿嬤說，羅比明天有事（他能有什麼事），好像會請假。

阿嬤一開始也以為是彼得跟我有跟老師講不上學的事情，後來一問，才知道是羅比自己去請假，自行宣布不上學。

想當然他的詭計幾個小時就被戳破了。我正想著晚上要好好教育羅比，過了一個小時後，老師突然打電話來表示，「因為有三個小朋友剛剛確定腸病毒，我們班必須停課一周喔！」

晚上我一看到羅比，他就在那邊嘴角露出一抹微笑，「媽媽，我明天不用上學。」

那笑容有點像是老虎打個哈欠，有隻小兔子不小心滾到牠嘴巴裡的感覺。
他還淡淡地問：「媽媽，那個腸病毒，是怎麼傳染的啊？」

我突然想吶喊，為什麼我上次思思念念的颱風假只有半天，羅比只有一點不想上學就有七天！

#總裁請假一天
#結果在人間是七天
#我本來想要教育兒子地球不是繞著你轉
#結果我彷彿看到宇宙的中心浮出羅比的臉
#腸病毒妨礙我教小孩

老師說沒有聖誕老公公

今天是聖誕節，羅比念的是教會學校（其實我們是沒有特別信仰，但是這個幼兒園離家最近，加上在抽籤的時候，我個人好賭，便說要是羅比在前五名抽到，我就讓他念！接著我就聽到，正取五號，是我兒子的名字……）。

前幾天羅比回來，我跟羅比說：「你知道嗎？聖誕老公公會送給乖孩子禮物喔。」
羅比很認真地告訴我：「老師說，沒有聖誕老公公，只有主耶穌。」
我一時之間不知如何回答，只好硬著頭皮說：「哎呦，不管是聖誕老公公還是主耶穌，如果他們覺得你是好人，聽說就會有禮物耶！」
此時羅比總裁莫名憤慨，他說：「我，我都不知道他們是不是好人，他，他們怎麼知道我是好人！」

#輪得到你擔心耶穌是不是好人嗎

前幾天羅比的班級要去報佳音，老師在聯絡簿上註明，請讓小孩穿紅色或綠色的衣服。我依照規定，選了綠色，沒想到學校的小朋友每個都穿得超聖誕，一整片紅紅綠綠的海，還有聖誕帽、麋鹿頭飾和白色鬍子。

我：「哇噻，學校還有提供聖誕帽！」
彼得：「老師說，那些都是家長自己準備的……」
我超羞愧，羅比只穿了一件綠上衣，看起來好像只是一個北一女的學生，迷失在激動的聖誕樹林裡。
晚上我問羅比：「大家都有戴聖誕帽嗎？」
羅比：「對啊！他們好奇怪！」
（還好金牛寶寶總是覺得是別人很怪。）
羅比接著問：「為，為什麼我沒有戴帽子呢？」
身為失職的家長只好轉移話題：「戴帽子喔，一般來說就是怕禿頭！」

羅比加註：「或，或是他們已經禿頭！」

 # 對對對就是這樣

早上我跟彼得送羅比去學校，離開之前，羅比旁邊的小朋友離開位子，不小心他自己把掛在椅子上的便當袋弄掉了。羅比站起來，幫對方把便當袋掛好，結果那個小朋友誤會是羅比弄掉的，便對著羅比大吼大叫。

遠遠的我看不出來他吼了什麼，但羅比露出悻悻然的表情，既沒有回罵，也沒有動手，還自己坐著一邊被罵一邊吃起饅頭了。我為了這個，感到很驕傲。聖誕節當天，總裁這傢伙居然還學會息事寧人了呢！

後記──
羅比還說那個小朋友有打他，我問：「那你還原諒他？媽媽沒問你也沒講，真是很厲害！」
羅比害羞回答：「我，我不是原諒，我是忘記！」

 # 直接忘記他
 # 這也很強
 # 明天會不會問隔壁小朋友請問你是誰

發狠抓不到竅門

羅比最近開始使用一個威脅別人的句型:「你如果不怎樣,我就怎樣怎樣……」
只是他似乎不太理解這個句子,不太能達到威脅的效果。
舉例來說,羅比老是說:「媽媽,妳如果不給我吃糖果,我就……」
我:「你就怎樣?」
羅比插腰:「我,我就把妳的水彩跟黏土全都丟掉!」
我聳聳肩:「水彩跟黏土都是你的,全部丟掉我也沒關係。」
羅比:「妳,妳再這樣,我,我就……」
我:「你就怎樣?」
羅比:「我就不給妳買玩具,妳也不可以看卡通!」
這些句子對我完全沒有威脅性,但羅比每次都很認真的威脅我,讓我覺得很好笑。

這樣下去也不是辦法,有天我打算認真教他,便說:「羅比,你不要一直講一些只威脅到自己的話嘛!」
羅比:「威脅,威脅是什麼?」
我:「你說要丟掉玩具,不能看卡通,那都是你喜歡的事情,又不是我喜歡的,你講那麼多也沒有用。」
我繼續說:「你如果要威脅我,就要想一下,媽媽在乎的事情是什麼,從那個地方開始。」
羅比:「在孵什麼?」
我:「是在乎,跟我念一遍,在～乎～」
羅比:「媽媽妳到底在孵什麼!」
總而言之羅比還是不太懂。

他剛剛跟我吵架,又生氣的說:「妳先道歉!不然我,我就……」
我:「你要怎麼樣?」
羅比爬到櫃子上,按下按鍵。

ZONG CAI SHIH ZIH TOU

羅比:「我就關掉燈!妳,妳的黃子變成沒有燈!」
我兩手一攤:「關燈我也不會覺得難過。」
羅比緊張,他氣勢稍微弱了一點,接著又爬回櫃子上。
羅比:「妳還不道歉,那,那我就再開燈!」
我:「……」
我望著羅比踮著兩隻小短腿,一隻短短的食指按著開關鍵,好像按住核彈發射器一樣:「怎麼樣?還,還不道歉!不然我就,開好燈,又要關燈了喔!」

前幾天準備睡覺,在暗暗的房間裡,羅比跟彼得說:「爸爸,你,你不可以在黑黑的地方滑手機!眼睛會壞掉!」
彼得:「喔,知道了……」(然後繼續滑。)
羅比又開始語帶威脅的口氣:「爸爸!你,你在黑黑的地方滑手機,你再這樣,我就……」
彼得:「你就怎樣?」
羅比:「你再這樣滑手機,我就,我就幫你開燈了喔!」

#暖男

這禮拜羅比又被同一個小朋友打了。
我跟老師反映以後,每天都很緊張,下班看到羅比的第一句話都是:「今天曾××有沒有打你?」
羅比覺得我很煩:「媽媽!妳,妳不要再問曾××了,妳再,妳再問曾××,我就……」
我:「你就怎樣?」
羅比露出凶光:「妳再問一次,我就跟他和好了喔!」

#還給我尾音上揚
#威脅別人是不是真的很難

後記──

後來我們去跟老師再詢問了一下發生了什麼事，結果老師把兩個小朋友都叫來問話。

老師問那個同學：「曾××，羅比說你打他，你有沒有打羅比？」

曾同學：「沒有。」

老師轉頭問：「羅比，那你覺得怎麼樣？」

羅比怒指：「我，我覺得他說謊……」

羅比跟我說，那個同學在回到座位時，大聲宣布：「羅比，我再也不要跟你做朋友了。」

我有點緊張，不知道自己跑去跟老師講，到底有沒有幫到小孩，便帶著膽怯的心問羅比：「怎麼辦，那個同學說他再也不跟你做朋友了，那你怎麼跟他說？」

羅比雙手一擺：「我，我問他說，你覺得，我們，本來是朋友嗎？」

#總裁不care

#媽媽白擔心

不要傻眼，要直接哭

羅比從美國回來時，有一陣子變得非常不喜歡上學。

每天早上醒來，就開始演「媽媽，我不想要上學」這齣大戲。

我們一直苦勸他，但羅比總在上學前，緊緊扒住家門，拼命掙扎。

在這過程中，羅比一直用盡各種話術想要說服身為家長的我們，某天，他講了一段很有道理的話，讓我猶豫了一下。

羅比：「媽媽我不想上學！妳答應我好不好……」

我：「我為什麼要答應你？」

羅比：「妳想想看，妳可以完成別人的願望，這一次，妳有機會可以當神，妳要不要？」

#好大一張支票

#我難得可以當神到底要不要把握住機會呢

#下次我也要這樣跟客戶講

羅比也到了一直說不要的年紀。

我有時候也會很生氣，前些天就對著羅比義正嚴詞地說：「為什麼，你都不聽我的話，為什麼，你什麼都不要？」

羅比很冷靜地看著我，接著說：「因為我很搖滾。」

#快張開你的嘴OAOA

#再不管你是誰OAOA

因為我的心很軟，捨不得羅比，所以其實總裁到現在，幼兒園都還在上半天。

直到這個星期四，羅比才第一天嘗試整天班。老師在過去花了非常多時間說服，但羅比都堅定地反對。突然上周的某一天，老師說羅比同意了，我簡直不敢相信自己的耳朵。

我一回家就問羅比:「羅比,我聽老師說你答應她要上整天喔?」

羅比無奈:「老師,老師就是突然問,欸,你要不要從明天開始上整天?」

我:「然後呢?你聽到以後怎麼辦?」

羅比瞪著圓圓的眼睛:「我就,我就傻眼。」

(傻什麼眼,你才四歲不要學大人說話!)

我:「那時你就同意了喔?你沒哭喔?」

羅比補充:「我後來有哭,可是老師沒有看到……」

我:「喔喔,那你現在覺得怎麼樣?」

羅比:「我覺得,我覺得,早知道就不要傻眼,要,要直接哭。」

#這個建議適用很多事情

#各位士農工商請謹記遇到過分的要求不要傻眼要直接哭

我出生，不是為了上幼兒園的

我爸是羅比的鐵粉，上次我們在討論選擇小孩學校，他平靜地說出「有些人是靠學歷，但羅比是靠臉的」這句話，我遲遲無法忘懷。

最近羅比的小班結業，老師寫的評語如下：「羅比是位天資聰穎的孩子，能獨立思考老師所問的問題，其回答更是充滿新奇與創意，常常有語出驚人的表現，這學期在生活自理上成熟進步許多，也能獨力完成許多老師交代的事物，平常和同學相處融洽，很少和同學有爭執，是同學的好玩伴，也是老師心目中的乖寶寶喔。」

我爸看了評語，高興地說：「妳看妳看，老師把羅比寫得好像神仙那麼棒！」
我翻了白眼：「最好是神仙！」
我爸不理我，繼續跟其他人強調：「妳看看那個評語啊，沒錯，基本上就是說羅比是小活佛轉世嘛！」

#鐵粉又一代表作

最近幼兒園因為暑期班，換了老師，新來的老師很嚴格，會規定大家睡覺不能張開眼睛，羅比很不適應，這幾天出門跟總裁討價還價，感覺就跟獅子搏鬥一樣。

有天羅比非常祥和地走過來，我很高興地說：「早安。」
羅比慢慢靠近我，淡淡地說：「媽媽，我知道，我出生，是為了要帶給你們幸福的。」
我感動莫名，把他抱到懷裡：「真的嗎？你怎麼知道你是要帶給我們幸福的？」
不料羅比把我推開，他堅定握拳說：「因為我知道，我出生，不，不是要上幼兒園的！」

牠上學上到吐血了

今天是周末，我們帶羅比去參加一個親子體驗課程。

結果這傢伙拿了一堆動物玩偶，坐在一旁，溫柔的老師說：「羅比，你試試看，哪一些是海洋動物？哪一些是陸地的動物？你可以分出來嗎？」

羅比：「我，我比較想要編成故事。」

老師：「喔，你想替這些動物編故事嗎？」

羅比：「嗯嗯。」

老師：「這樣也很好喔，你想要怎麼講故事呢？」

羅比：「這隻，這隻鹿，牠死了。」

老師：「啊，為什麼？」

老師看到羅比手邊有另一隻鱷魚。

老師：「是不是被鱷魚咬死了呢？」

羅比：「沒有。」

老師：「可是我看鱷魚嘴巴張得好大，應該是把小鹿咬死了吧？」

羅比：「鱷魚，鱷魚只是很累，打哈欠而已。」

老師：「那小鹿怎麼死的呢？」

羅比：「牠喔，牠看到蟑螂，自己嚇死的。」

老師：「……」

#小鹿死得好冤

接著羅比又抓著一隻長頸鹿。

羅比：「這是長頸鹿。」

老師：「對，那麼，牠的故事是什麼呢？」

羅比：「牠，牠也要死了，牠在吐血。」

老師驚：「為什麼？」

羅比：「牠上學上到吐血了……」

羅比把自己的嘴巴也張大，做出吐血樣，老師看看我，我也看看老師，事已至此，我還有什麼好說的。

老師只好勉強微笑：「好喔，好喔，你繼續跟媽媽講故事吧⋯⋯老師去看其他的小朋友在做什麼⋯⋯」

羅比點點頭。

老師一走，我問羅比：「你覺得老師怎麼樣？」

羅比：「她，她不喜歡悲哀的事。」

 # 被蟑螂嚇死和因為上學吐血哪一個比較悲哀

 # 我才要吐血

從聯絡簿的學習單，看到羅比的班上在學唱聖歌。

我們送羅比去學校時，也看到老師牽著小朋友的手唱著：「感謝主～讚美主～」

羅比某天說：「我不喜歡唱那首歌。」

我：「為什麼？」

羅比說：「因為老師最喜歡的動物是豬！」

我：「不是啦，是主！天上的主。」

羅比：「為什麼，豬，豬怎麼會在天上？」

我覺得秀才遇到兵。

我：「那你都沒有跟著唱嗎？」

羅比小聲說：「因為⋯⋯我喜歡的是貓⋯⋯」

最後，我只好跟羅比說：「那你就唱貓，感謝貓，讚美貓，記得不要唱太大聲就好。」

羅比：「好⋯⋯」

 # 主啊請你原諒我

還有學《弟子規》。

「弟子規，聖人訓⋯⋯」

我：「那個聖人是孔子。」

羅比：「老師說孔子住在山洞裡！」

我：「他才沒有住山洞。」

羅比堅持：「有，他有。」

我百思不得其解。一直過了很久才想到：「是山東啦，山東！」

#孔子再不濟也是至聖先師不會去住山洞吧

半夜，羅比可憐兮兮地，自顧自地站在角落跟我說：「媽媽，妳，妳可以寫信給我嗎？」

我躺在床上：「啊？寫什麼信？」

羅比：「妳寫信給我，去上學的時候，我可以放在心裡，等一下，妳寫完信給我，我也會回信給妳。」

我覺得羅比很可憐，便趕緊說：「好好，媽媽現在就寫信給你。」

羅比：「我在這裡聽。」

我想了想：「親愛的羅比，我是媽媽，你現在開始上學了，媽媽看不到你，其實心裡很擔心，也很想念你……」我念了一堆感性的句子，「最後，媽媽想要你記得，媽媽非常愛你，永遠愛你。」

羅比點點頭。

我：「現在換你寫信給媽媽了，你寫的信，媽媽也會放在心裡。」

羅比：「親愛的家長……」

我閉起眼睛準備著傾聽。

羅比：「親愛的家長，請記得帶黃文義。」

羅比講完就走了。

我：「什麼？你的信就這樣嗎？」

羅比回頭：「對啊，老師說妳沒帶黃文義。」

#我一片痴心總裁真無情
#防蚊液啦黃文義是誰

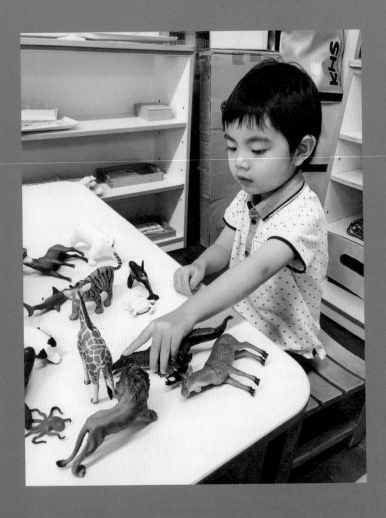

在羅比的故事中，小鹿被蟑螂嚇死，而長頸鹿上學上到吐血。

熱烈歡迎徐志摩

事情是這樣的，我是一個很失職的家長，昨天晚上八時，翻開聯絡本，才赫然發現隔天學校有化妝派對。

一時之間我也找不到可以扮裝的衣服，想到上次元宵節燈籠事件，別的小朋友燈籠都精心設計，我們幫羅比亂塗一通就去睡覺，我覺得這下慘了。

本來我們要出門去買個忍者龜，還是蜘蛛人，但我們又很懶惰不想出門，而且我剛看了一本書叫做《斷捨離》，處在討厭買東西的階段，於是彼得說，「不然，看一下衣櫥有什麼好了。」

衣櫥內只有外婆買的藍色長袍比較特別，我想起外公有買過一個小皇帝的帽子，找來找去找不到，情急之下，只能離開清朝，往民初時期想。

「徐志摩好了。」我說。

我 Google 一下徐志摩的照片，接著找到一個白色圍巾（本來想說用浴巾），然後彼得有個宅女小紅的那種眼鏡，他很認真把鼻子拆掉。接下來就是要說服羅比，扮成徐志摩是很偉大的事情。

我：「羅比，你知道徐志摩是誰嗎？」
羅比搖搖頭。
（太好了，還好他不知道。）
我開始吹牛：「徐志摩就是──亞洲女生最喜歡的男人！」
羅比：「為，為什麼？」
我：「因為他是大文豪，他會寫詩，輕輕的我走了，正如我輕輕的來……」
羅比露出不信任的表情：「他幹嘛輕輕走！他是小偷嗎！」

我：「不是啦不是！他是男人想到都羨慕的那種人。」

羅比很狐疑地看著我。

我趕快提出促銷口號：「媽媽只問你一句話，你！到底想不想變成女生都喜歡、男生都羨慕的人呢？」

總而言之我因為物資短缺，只能讓羅比變成民初的偉岸男子。

走進教室時，我好緊張，怕小朋友笑他，我還想好如果有人笑，我就要大聲吟唱徐志摩的詩，壓過笑聲。

一進教室，老師說：「羅比，你是哈利波特嗎？」

羅比很認真的表示：「我，我是徐志摩。」

（我超怕他接著說，「我是全亞洲女生都喜歡的男人」。）

老師很尷尬，呃呃呃的吞了幾下口水，拍拍羅比的頭，我突然覺得以臉型和神情來說，羅比好像比較像是胡適，不過臨時改變也來不及了。

化妝舞會裡，有很多公主跟漫威英雄，羅比看起來獨樹一格，可是詩人都是孤獨的，對嗎？

我真的好愛我兒子，請大家不要誤會，我不是繼母，我只是比較省。

徐志摩祝各位愚人節快樂。

林徽音還沒來，徐志摩在康橋痴痴地等。

光陰很賤

因為朋友送了一台二手鋼琴，所以我們請了一個家教老師每周來一次，教羅比彈彈看。

為了讓課程有趣，這個老師也會教羅比一些別的事，像是最近他們在學成語。羅比有時候記得成語的正確用法，會說出很有道理的話，例如他某天很認真的告訴我，很美麗的風景，一次看不完，叫做美不勝收。把我唬得一愣一愣的。

但總裁有時候記不清楚成語，就會說出好笑的話，比如他會說，時間過得很快，就是光陰很賤。（似箭！！！）

上周末我跟羅比說：「明天就是星期一……」
總裁就在那邊老成地回答：「唉，周末的光陰很賤。」

 # 好像也是有一點道理

還有，他學了一個成語，是「樂極生悲」。
我躺在床上跟他聊天，我問羅比，「你真的明白，什麼是樂極生悲嗎？」
他點點頭。
我說：「那你造一個句子，講講什麼是樂極生悲？」
羅比：「我，我每天從床上睡醒，爸爸說要去上學，這就，就是樂極生悲。」

 # 哈哈哈總裁言重了

羅比最近不知道搞什麼，在練習講笑話，通常都很不好笑，但他跟人工智慧的演算法很像，每講一個他自認為很有趣的事情，就會立

刻跟我們確認他幽不幽默。

以下幾個例子—

羅比:「阿嬤,啊媽媽,對不起我把妳叫成阿嬤,我,我是不是很好笑?」

羅比:「爸爸,你看,我剛剛要跌倒,結果沒有,以為我要跌,結果根本沒跌,我,我是不是很好笑?」

我真的好想請問專家,當幼兒在練習幽默的時候,完全不好笑的事情,到底是要笑還是不要笑?育兒專家應該會說身為父母你就是要笑,但人工智慧專家應該會持相反意見吧。

不過前幾天羅比倒是說了一個滿好笑的。前幾天我站在客廳跟總裁講話,一不小心口水噴到他。

我趕緊道歉:「對不起對不起,我口水噴到你了!」

羅比很無奈地擦著眼睛,淡淡地問:「媽媽,這應該,這就是,水,水往低處流對嗎?」

#我跟羅比說這個很好笑
#你趕快問我你是不是很好笑
#但總裁很不爽不想練習講笑話

後記——

羅比換了一個新的學校,開始漸漸喜歡上學生活了。只是總裁很愛一直講一些有的沒的,比如說,他睡醒的時候會問我:「媽媽,今天我又要被上學了嗎?」

#我要被上班你也要被上學
#因為光陰很賤的

羅比醫生又來了

這幾日，羅比又重操舊業，開始當回醫生了。

前幾天不小心摔了一大跤，膝蓋有瘀青，我跟羅比一起泡澡的時候，請羅比醫生幫忙治療，羅比鄭重地把沐浴乳塗到我的腳上。

羅比：「首先，要先用沐浴乳洗一洗，搓一搓……」

我跟著演得入迷：「是嗎？疑心，你的神奇泡泡可以治療瘀青嗎？」

羅比一臉正經，用一種妳為什麼要胡說八道的表情看著我：「我，我是先用泡泡洗看看，如果洗得掉，妳就只是髒，不是黑青！」

#喔原來是用排除法啊

#別讓嫦娥笑我們髒

我：「醫生，如果我是心裡痛痛，要怎麼治療呢？」

羅比：「心裡痛痛喔？心裡痛痛，應該就是要泡澡，但是不要洗頭。」

我：「為什麼不洗頭？」

羅比：「因為心裡痛痛還要吹頭髮，這樣太累了。」

#太有道理了你真的好懂

過了一陣子，羅比醫生指著我的腳，鄭重表示：「妳這個，這個受傷，沒有很嚴重。」

我：「真的嗎？不用去醫院嗎？我很想去醫院。」

羅比：「不用去醫院，去，去三重就好。」

我：「去三重就好？」

羅比：「對，去三重走一走，就好。」

#奇怪死了

#那要順便去永和嗎
#這樣敷衍病人也太明顯了
#深怕他人浪費醫療資源

羅比把浴缸水加了洗髮精，接著表示：「我做了一個藥，只能噴肚子，不能噴雞雞。」
我：「為什麼？」
羅比：「噴雞雞不好。」
我：「為什麼？對你不好，還是對雞雞不好？」
羅比怒：「不要問，妳又沒有雞雞。」

#身為醫生他很重視權威感

隔天是上學日，羅比開始露出憂心忡忡的臉。
羅比：「為，為什麼，星期一後面是星期二？」
我一直鼓勵他，你要期待上學啊。
羅比義正嚴詞地抗議：「我沒有期待上學，我期待的，都是晃假（放假）！」
我覺得他說得很有道理（簡直是說出了萬眾人民的心聲），只好換個方式勸他。
我：「羅比，你看媽媽上班，也有很多同事啊，媽媽的同事你也認識，他們人都很好對不對？」
羅比：「對。」
我：「一開始媽媽也不喜歡上班，可是有同事一起玩，就覺得很快樂。我跟你說，你的同學就跟我的同事一樣……」
羅比否認：「我覺得不一樣。」
我：「真的，同學跟同事是一樣的。」
羅比皺起眉頭：「妳的同事，會尿尿到地上嗎！」

#好吧我是沒看過

我鍥而不捨，繼續勸導。

我：「然後啊，老師就跟老闆一樣，你聽她的話，照她的方式去做，會學到很多東西喔！」

羅比嘆氣：「妳老闆，老闆會叫妳去看別人尿尿嗎？」

（註：最近老師為了要讓小朋友如廁訓練，所以會讓小朋友排隊一起去上廁所）

我：「……」

羅比接著問：「那，妳要跟妳的同事睡覺嗎？」

#這不好說

我快找不到理由說服羅比去上學了，兩人坐在沙發上安靜了一陣。

我：「不然我們現在來練習認識朋友。」

羅比勉強同意。

我：「那我當你的同學，你從那邊走過來，試著跟我說話看看。」

羅比從客廳的一角，緩步走過來。

羅比：「妳好。」

我：「你好。」

羅比：「……」

我：「欸，你要認識我，就要試著問我一些問題。」

我們重新再開始一遍。

羅比：「……妳好。」

我：「你好。」

我看著羅比，等他問問題。

羅比一時語塞，他轉著眼珠：「……妳，妳要不要擤鼻涕？」

我：「啊？」

羅比：「不是說……要問問題？」

我：「喔喔，我現在不想擤鼻涕，你多問一點別的好了。」

羅比：「……那妳，妳要不要量體溫？」

我：「唉呦，你要跟我當朋友，你要問直接一點的問題啦。」

羅比鼓起勇氣，他又跑回原點，再重新緩步走過來。

羅比：「妳好。」

我：「你好。」

我小小聲說：「勇敢一點直接問我。」

羅比挺起胸，大聲問：「妳！妳要不要看醫生！」

#這是什麼直接的問法

#還是疑心都這樣搭訕別人嗎

#後面劇情就立刻轉成羅比要幫我開刀

我這一生都沒有吃過梅花糖

在長大的過程中，羅比有一些用詞，是很特別的。

有幾個是發音的問題，比如說筆記本，他會說成「己記本」，沒有，他會說成「迷有」。還有，羅比都把「棉」這個字，念成「梅」。像是「梅花棒」、「蓋梅被」。

周六去無印良品，羅比吵著要買糖，我不給他買，他拿著一包糖，在路人面前大叫：「我要吃梅花糖，我，我這一生，都還沒有吃過梅花糖！」

＃梅花是國花你給我放下

還有這個「大自然的事情」，是羅比最近的口頭禪。

我叫他不要把飯粒吃到桌上，羅比就會兩手一攤，冷靜回答：「寶寶吃飯掉到桌上，這也是大自然的事情。」

爸爸叫他趕快從玩具反斗城出來，羅比也會抱著兒童籃球架說：「寶寶想要很多玩具，這也是大自然的事情。」

其實他應該是要表達，「這是很自然的事情」，可是總裁一直講成這是大自然的事情，不知道為什麼，每次他說這句話，氣勢就會變得有點磅礴。

＃一直推給大自然這樣好嗎
＃下次被老闆問為什麼業績這麼爛
＃我可以說寶寶沒辦法這是大自然的事情

昨天羅比放學回家說，老師有教他們十二生肖的故事。

羅比：「裡面有一個神，是預防大帝。」

我正想要糾正羅比說那是玉皇大帝，但我聽到彼得問羅比：「是嗎？預防大帝是從衛福部來的嗎？」我就覺得算了還是別說了。

我問羅比：「你覺得為什麼他叫預防大帝呢？」

羅比聳聳肩，接著在除夕的夜晚說了很有哲理（但厭世）的一句話：「哪知道，可能是祂的綽號，可能是，神都很想要預防什麼吧。」

＃我不禁想到神創了亞當夏娃

＃然後台灣人曾經把亞當變成一種多多的飲料配便當

＃人類真是防不勝防

我氣我寄幾

這周我聽到羅比在學校的幾個事情。

第一件事，是他回家跟我說：「媽媽，我在生一個小朋友的氣。」
我：「是誰？」
羅比：「是小葉（化名）。」
我：「他怎麼了？」
羅比：「他說，他跑得比我快……」
我：「然後咧？」
羅比：「然後我們就比賽，結果，他……」
我：「結果他贏了嗎？」
羅比點點頭，音量變小：「對，小葉，他跑好快。」
我：「那你生什麼氣咧？他說得沒有錯啊，這是事實，有什麼好生氣的？」
羅比急了：「我……我氣我寄幾！我氣我寄幾，想得跟事實都不一樣！」

 # 總裁你此時的表情是瓊瑤
 # 再連續賞自己幾巴掌就可以演八點檔了

這件事情還有後續。

有一天我去接羅比下課，老師也跟我說，羅比剛剛在生氣。
老師蹲下來問羅比：「羅比，你到底在生什麼氣呢？」
羅比：「是小葉……」
（又是小葉，我明明覺得小葉超溫順的。）
老師：「喔？小葉怎麼了？」
羅比舊事重提：「他，他說他跑得比我快……」
老師恍然大悟：「哎呀，是他亂說嗎？」

羅比痛苦地表示：「唉，他沒有亂說……」

我在旁邊憋著尿一般憋著我的情緒，真的快要笑出來，可是我又覺得必須支持兒子，只好假裝東張西望（我還伸出手，掌心朝上感覺看看有沒有下雨）。

老師溫柔地扶著羅比的肩膀：「跑步的事情，你不要跟小葉比啊，你跟自己比就好。」
羅比依舊眉頭深鎖，噘著嘴好像想說什麼，我見狀趕快把他拉開：「好啦好啦，羅比，跟老師說再見吧！」

走在人行道上，羅比還有點氣，盯著前方不言不語。

我問：「你今天跟小葉又比賽一次了喔？」
羅比：「沒，沒有啊。」
我：「那你幹嘛又生氣？小葉跑得快，已經是事實了嘛。」
羅比：「他可以贏，但，他幹嘛要一直說……」

羅比「但」那麼大聲，令我又很想笑，我趕緊淡淡地表示：「唉呦，老師都說了啊，跑步的事情，你自己跟自己比就好……」
羅比又突然怒了起來：「我，我只有一個寄幾，一個寄幾，要，要怎麼跟寄幾比！」

#總裁名言一你可以贏我但不可以說我
#總裁名言二你只有一個寄幾跟寄幾比什麼比

還有另一個事情。

羅比回家跟我說：「今天有一個小朋友，說我是臭大便……後來我跟他說一句話，他，他就沒有再罵我了。」
我：「那你跟他說了什麼？」

羅比：「我，我說，你再說一次我是大便，我就馬上跟老師講，現在，立刻，下一秒！」

#據羅比說對方就趕快離開了
#總裁用各種時間副詞擊退言語霸凌

我問羅比：「那，你到底有沒有跟老師說別人罵你是大便的事呢？」
羅比：「沒，沒有。」
我：「為什麼呢？」
羅比溫柔地說：「他，他才第一次，原諒他好了……」

我摸摸羅比的頭，覺得他長大了。

沒想到總裁接著超用力強調：「要是他第二次再罵我的話，我！我就要馬上跟老師講，現在！立刻！下一秒！」

#這麼多活在當下的用詞連珠炮
#說實話連我都怕了

你是不是也有上鋼琴課

幼兒園裡，幾個小男孩之間打打鬧鬧也是有的。

家長會那天，有一個媽媽跑來跟我道歉，說她的孩子好像有一天打了羅比的頭。

「喔？」我說，「我不知道耶，應該還好⋯⋯」

家長說：「是羅比某天跑來跟我講的，我回去問小朋友，他也說有。對不起對不起⋯⋯」家長很不好意思地對羅比說。

我跟對方說：「沒事沒事，小朋友就是會這樣，羅比，你說沒關係吧⋯⋯」

羅比淡淡：「沒關係，我差點聾了，但是沒關係。」

#你給我好好說沒關係
#居然中間夾這一句要別人怎麼接

還有一個，是羅比跑回來說，有一個大班的小朋友，叫做小偉（化名），在學校欺負他。

我：「他怎樣欺負你？」

羅比：「他，他說我踩到他的墊子⋯⋯」

（註：小朋友午睡的時候，都要自己鋪墊子在地板上。）

我：「然後呢？」

羅比：「小偉，他就用椅子的腳要壓我！」

我：「壓到你的腳嗎？」

羅比：「沒壓到，我跑掉了⋯⋯」

我：「那就好。」

羅比：「還有！小偉還在我端紅豆湯的時候，拿一顆毛球用我，害我打翻了，我全身都是紅豆湯⋯⋯」

見到羅比一臉委屈的樣子，我便問：「你有沒有跟老師講？」

羅比：「有⋯⋯」

我：「那你怎麼講？」

羅比：「我說，唉，我，我穿白色……」

#這樣老師聽得懂嗎

承上，身為一個理性的大人，我想釐清一下案情。

我問：「羅比，我們從頭來，再說一次，小偉欺負你，是因為你踩到他的墊子對不對？」

羅比：「我沒有……」

我：「所以你覺得你沒有踩到他的墊子是嗎？」

羅比：「不是……我不知道……」

我：「你覺得你沒有踩到小偉的墊子，但小偉覺得有，事情是不是這樣呢？你有沒有好好跟他溝通呢？」

羅比堅定無比地抬起頭說：「我，我跟他說，我沒有，我沒有在看路，我也沒有在管你的墊子！」

#恁伯視墊子如浮雲
#其實你被毛球用是很剛好的
#連我都想用椅子壓你

這一陣子我帶羅比去上鋼琴課，那個是團體課程，班上只有三個小朋友，其他兩個是女生，年紀都比羅比大，練琴的時候，也都很文靜認真。

音樂課的老師挺嚴格的，會要求小朋友腰挺直，手擺好，專心看譜，大聲唱歌，而且還要一個一個單獨來彈給大家聽。

我看羅比彈得不怎麼樣，本來想說不然這一期的課程學完就好，接下來就休息好了，但羅比不知道是有被虐傾向還是什麼的，會在家裡說自己很喜歡這個老師，也很喜歡學鋼琴跟做作業，所以我也拿

不定主意。

真的上課時，我明明就覺得羅比都在力不從心亂彈一通，今天也是，我在旁邊看，感覺總裁好像當年的阿吉仔，一直想控制自己的身體跟手指，可是每個音最用力的都是起頭……好不容易吃力地視譜彈了一段，嚴格的老師問：「羅比，你覺得自己彈得怎樣？」

羅比臉色嚴肅，他挺著身體，用報告班長的認真口氣大聲說：「老師，我覺得，我是全班，彈得最爛的！」
其他家長跟同學都安靜了下來，我彷彿看見烏鴉開始來回飛在層層疊疊的鋼琴中找不到出口……

「報告老師，我是班上彈得最爛的。」那一句話，總裁毫不遲疑地說出口，餘音繞梁，三日不絕。

#老師超尷尬
#還把我們特地留下來安慰
#羅比你不要難過老師跟你說你是年紀比較小你已經彈得很好了喔
#老師突然笑得好溫柔
#但羅比一臉是妳要問我的我只是回答妳的問題妳那麼緊張幹什麼
#羅比還追問那我是彈得最爛的有貼紙嗎
#情勢所逼老師送了他一張好漂亮的飛機貼紙

後記──
為了鼓勵羅比，每次上完鋼琴課，我就會帶他去吃迴轉壽司。
今天也是。
不過美食街人好多，我們點好菜，就只能坐在椅子上痴痴地等。
羅比問：「為什麼我的鮭魚壽司等這麼久？」
我悄聲說：「你看，人這麼多，壽司師傅只有一個，而且，他今天感覺特別累啊……」
羅比觀察了一下，沒再說話。

等到壽司師傅把做好的全熟鮭魚餐點遞過來時，羅比便擔憂地問：
「你，你今天特別累，是不是……是不是你也有上YAMAHA！」

#壽司師傅你剛剛也去上鋼琴課了嗎
#老師有叫你單獨彈然後私下塞給你貼紙嗎

喔，最後補充一下，羅比說那個大班的小偉規定他要跟他道歉100
次，羅比說：「最多八次！因為我不知道怎麼數到100！」
聽說小偉同意了……

#不是你說100我就給你100
#總裁協調術

大言不慚地表示自己是全班最爛的學生之後，羅比在家苦練中。

ｚ　ｚ　ｚ

床邊故事

與羅比的故事時間

一早，羅比跑到我的床前，對著我的臉，高聲說著：「下蛋吧，請快點下蛋吧。」

我睜開眼睛，看到羅比雙手合十，口中念念有詞：「下蛋吧，請讓她快點下蛋吧……」

我想起前天晚上，我們一起讀了《傑克與魔豆》的故事。

巨人打開籠子，從裏面抱出了一隻金雞，他對著母雞說：「美麗的母雞啊，幫我生一顆金蛋，快下蛋吧……」

於是羅比現在也對著我，反覆說著這句台詞。

我：「羅比，我又不是母雞，我怎麼會下蛋呢？」

羅比鼓著圓圓的臉頰說：「咦，妳真的不是母雞嗎？」

我：「我當然不是母雞，你看不出來我是你母親嗎？」

羅比看著我，接著說：「我當然看得出來，妳是媽媽，不是母雞，那，那妳為什麼還不趕快陪我玩？」

有時候，我們把家裡的故事書都讀完了，便會開始玩自創的故事接龍遊戲。

不知道為什麼，羅比講出來的故事都很難接。

羅比：「從前從前，有一隻鳥，牠飛著飛著，撞到一棵樹，就死了。換妳。」

我硬要接成具有正面意義的故事：「那隻小鳥以為自己死了，掉到樹下面，砰的一聲，又突然嚇醒了過來，啊，原來只是小鳥作的一場夢……」

羅比：「小鳥，牠掉在樹下面的時候，被大象踩過去，就，就扁掉了……換妳。」

我：「還好，這時候有一個好心人，把小鳥送到醫院去急診，真是太

好了⋯⋯」

羅比:「小鳥到了醫院,發現寄幾沒有健保卡,還,還是死掉了⋯⋯
換妳。」

我:「⋯⋯」

曾經在書店裡,讀過一個寫給兒童的故事繪本,我非常喜歡。

故事的主角,是一隻長得奇怪的動物。每個人經過牠,都驚訝地停
了下來,議論紛紛──

「這到底是什麼東西?」

「是貓嗎?是狗嗎?是海狸嗎?是老鼠嗎?」

「記者也帶著攝影機來了,吸引了更多人跑來看奇怪的動物。」

直到有一天,一隻兔子經過。

「我喜歡你的毛。」兔子對著那隻奇怪的動物說。

「你不想知道我是什麼嗎?」牠憂傷地問。

兔子想了一想後,這麼回答:「你是我的愛。」

這幾天,我突發奇想,拋下原有的那些寫給幼童的書,開始念村上
春樹給羅比聽。

因為羅比喜歡火車,我便從《地下鐵事件》這本書開始念。這本書
講的是日本沙林毒氣的事件──

「他聞到了一股奇怪臭味的氣體,就趕緊跑到收票口去,四周變
得好暗,他的瞳孔變小了,眼睛也看不到了,在往外跑的時候,
他跌倒了,又趕快爬起來,他終於遇到一個正在擦窗戶的清潔婦
人,他說,請幫我叫救護車⋯⋯」

羅比皺著眉頭,聽著我念的故事,我每念完一則,他就會說,「媽
媽,妳再講一個。」

能夠在睡前,跟一個幼兒分享村上春樹的文筆,我好得意。

直到有一天,彼得跟我說:「欸,妳不要再念《地下鐵事件》了。」

我:「為什麼?」

彼得：「這陣子，半夜羅比都哭著說夢話，他說他不要坐捷運⋯⋯」

這篇，寫的都是一些故事，還有我跟羅比，在讀完這些故事之後，發展出來的一些小事。

三隻小豬已經死了

跟羅比講《三隻小豬》的故事。

「從前從前，有一隻豬媽媽，生了三隻小豬，他們分別是豬大哥，豬二哥和豬小弟……」
羅比：「等等，等一下……」
我：「怎麼了？」
羅比露出悲傷的表情。

我：「怎麼了？」
羅比：「為，為什麼，豬媽媽都沒有生女的啊？」

 # 只有羅比關心豬媽媽的心情

好不容易把《三隻小豬》的故事說完。
我：「羅比，你從這個故事知道了什麼？」
羅比一臉呆滯。
我努力引導：「你看，豬大哥蓋的房子，一下就垮了，豬二哥的也是……」
羅比還是沒有說話。

我：「只有豬小弟蓋的房子比較好……」
羅比：「可是他蓋得很慢……」
我：「但是堅固啊！」
羅比突然站起來。
羅比：「我，我們應該蓋房子！」
我：「什麼？」
羅比：「快點，媽媽，我們來蓋房子，我蓋得比較好！而且很快，現在！」

#結果羅比被小豬啟發決定當營造商
#他認為三隻小豬應該和我們一樣先租房子就好

就這樣，我過了好幾天不停用枕頭蓋房子的日子，簡直快要把我逼瘋了。
周末的夜晚，我們叫咖哩飯外賣。
羅比又吵著要蓋房子。

羅比心急如焚：「媽媽，快點，我們來蓋房子，不然小豬沒有房子住……」
我：「我不想蓋……」
羅比：「這樣，這樣小豬會被吃掉……」
我把羅比抱起來，指著咖哩上面的豬排。

我：「羅比，你看，這個。」
羅比：「這是，這是什麼？」
我：「這是豬排，小豬的肉，已經變成這樣了。」

羅比露出害怕的表情，我則是趁著這個機會，循循善誘了起來。
我：「從今天開始，我們再也不用蓋房子了，你知道為什麼嗎？因為，很遺憾地，三隻小豬已經死了……」

眼珠我先吃一顆就好

我早上趕著要出門。

羅比還在玩。

我:「快點,羅比,走了,去穿鞋,我們現在要出門!」

羅比看著我問:「……妳,妳有跟我約嗎?」

我:「什麼?」

羅比淡定地排著自己的玩具,接著說:「妳要先約我,因為我不一定,不一定有空!」

#一介幼童平常是能有多忙

#還規定我不能現場約要打電話給他

夜晚來臨,羅比還不想睡。

我:「羅比,我們來一起編故事,我說一句,你說一句。」

羅比:「好啊。」

我:「從前從前,森林裡有一隻大熊……換妳。」

羅比:「還有,還有一隻小熊。」

我:「他們一起住在一個小木屋裡。」

羅比:「喔。」

我:「然後呢?」

羅比:「小木屋裡有床,有五張床!」

我:「可是他們只有兩個人,睡兩張床,為什麼要五張床?」

羅比:「其他床可以放零食,可,可以吃。」

#這孩子想得滿周到的

我:「那大熊和小熊,白天喜歡做什麼?」

羅比:「我,我不知道,吃東西吧……」

我:「他們喜歡一起出去野餐!」

我歪著頭想了一想。

我：「大熊說，今天，我負責做蛋糕，小熊，你負責帶飲料好嗎？」

羅比：「不要。」

我：「為什麼？那蛋糕不分你吃。」

羅比：「我，我吃自己的頭髮就好。」

我：「你又吃不到自己的頭髮。」

羅比賭氣：「那，那我可以吃自己的眼睛。」

我：「眼睛怎麼可以吃？」

羅比：「可以，眼珠可以吃！」

我：「這樣你就看不到路了。」

羅比：「我，我先吃一顆就好。」

噁

我：「欸，那飲料怎麼辦？小熊，你還沒有準備飲料……」

羅比堅定表示：「我喝自己的口水。」

我覺得這個故事發展得很畸形，有點接不下去。

羅比苦笑：「走吧，大熊，我，我們去野餐！」

我停下來：「你這麼恐怖，一直吃自己，誰要跟你野餐啦，羅比，你怎麼不好好地講故事嘛。」

羅比看著我，想要辯駁：「我有，有在編故事啊，只是，這個小熊，擠較，擠較悲哀而已……」

故事名稱就叫做悲哀的小熊
野餐時間大熊吃蛋糕小熊吃眼珠
像話嗎

羅比覺得自己很忙，表示必須先預約才能出門的討厭臉。

防人之心不可無

這一天，我們講了《睡美人》的故事。

羅比一開始，就不喜歡這個故事的設定：「可以睡覺不是很好嗎？」
我：「是很好沒錯……」
我不管羅比，繼續說著睡美人的故事：「結果，王子來了，他看見睡美人很漂亮，就跑過去親了她。」
羅比：「可，可是，這樣好嗎？」
我：「哪裡不好？王子親了睡美人，睡美人就這樣醒過來了……」
羅比：「他們，認，認識嗎？」

#不好意思總裁為人謹慎初次見面不給親喔

故事來到了最高潮，睡美人在王子的親吻下，輕輕地醒過來了。
我看見書上寫著，睡美人一醒過來，便問王子：「是你救了我嗎？你是我的王子嗎？」
我決定先問羅比：「你覺得如果你是睡美人，睡了好久好久以後，一睜開眼睛的第一秒，你會說什麼？」
羅比伸了一個懶腰：「應該會說，哇啊，我現在精神好好喔。」

#如果睡美人說出這句那站在面前露出迷人笑容的王子該怎麼辦才好

我講完睡美人以後，提議道：「羅比，不然我們來演一下睡美人好嗎？」
羅比：「好啊……」
我趕緊爬上床：「羅比，那你來當王子，我當睡美人。」
話一說完我立刻躺下拉好被子閉上眼睛休息。
羅比神祕兮兮地走過來，親了我一下。

我醒過來，用誇張的語氣說：「天啊，是你嗎？是你救了我嗎？」

羅比害羞點點頭說：「是的。」

我更誇張了：「難道，難道你就是我的王子嗎？」

羅比更害羞了：「是的……」

我不知道該接什麼，氣氛突然變得有點尷尬。

我：「……那，英俊的王子，現在我醒來了，接下來，我們兩個要做什麼好呢？」

羅比王子還在戀愛的氣氛中，他四處張望了一下，拿起我的手機說：「不然，我們來自拍吧……」

#睡美人不禁想我到底睡了多久一路睡到智慧型手機誕生了

小紅帽與七隻小羊

今天晚上，是講《小紅帽》的故事。

大野狼吃了小紅帽的外婆，小紅帽沒發現，大野狼便假扮外婆躺在床上，叫小紅帽過來躺在身邊。

書上的圖畫著小紅帽跟戴著白色睡帽的大野狼，肩併著肩，躺在一起蓋著棉被的模樣。

羅比：「等，等一下。」
我：「怎麼了？」
羅比：「那個外婆，和大野狼，本來就，本來就長得很，很像嗎？」

#金牛座總裁不能接受很瞎的人事物
#一直打臉童話作家對你有什麼好處

還有《七隻小羊》的故事。

因為這個故事連我都覺得很離奇，我已經做好了羅比會問很多問題的心理準備。

我：「七隻小羊的媽媽，要出門買東西，所以七隻小羊要留在家裡看家。」
羅比：「那七隻小羊，都沒有爸爸嗎？」
我心一橫：「對。媽媽跟爸爸感情不好，所以沒有住在一起。」
（……那還生了七隻小羊。）
羅比：「喔。」

故事繼續，大野狼把音變細，把腳塗上麵粉，千方百計，想要讓小

羊開門。

羅比:「大野狼,牠,牠想進去房子,為什麼,不用吹的啊?」

 # 牠偶爾想智取不行嗎

終於大野狼進到了七隻小羊的家,牠吃掉了六隻小羊,羊媽媽回來的時候,只剩下一隻小羊。於是羊媽媽,走到山坡上,把正在睡覺的大野狼的肚皮剪開,救出六隻小羊,順便把大野狼的肚子裡面,裝滿了石頭。

羅比這時半張著口,想要問問題。

我自行猜題,想說他大概會問:「為什麼小羊被吃掉卻還活著?」
「為什麼大野狼肚子被剪刀剪開還沒醒過來?」
「為什麼羊媽媽可以找到那麼多石頭?」

但羅比都沒有問這些。

他看著故事書,圖片是一隻肚子裝滿石頭,痛苦萬分的大野狼,只淡淡地說:「大野狼,牠也,也有媽媽的吧。」

 # 總裁的溫柔

逃到南極去

羅比講了一個故事給我聽。

羅比:「昨天,昨天我沒有穿褲子,在路上走,有一個人笑我!」
我:「啊?」
羅比:「他還跑去警察局報案!」
我:「那你怎麼辦?」
羅比聳聳肩:「我就……決定離家出走了。」
我:「離家出走去哪裡?」
羅比搖搖頭,一臉無奈:「只好去南極。」
我驚訝:「南極?南極怎麼去?」
羅比:「先,先坐男主角線!」
我:「你是說南勢角線吧……」
(也對,要去南極,先想辦法往南邊走。)

羅比:「嗯嗯……然後在古鈴鼓站下車。」
我:「什麼是古鈴鼓!」
羅比:「南,南勢角線有古鈴鼓站!」
我:「古亭啦!古亭站!」
羅比:「對……古亭站!」
我:「你去古亭站幹嘛?」
羅比:「換車……」
(換什麼車可以換到南極……)

我給羅比建議:「欸欸,我覺得你如果真的要去南極,應該是先搭機場捷運,再坐飛機可能比較好。」
羅比:「南,南極很遠嗎?」
我:「南極不止很遠,還很冷。」
羅比:「所以我要戴帽子、穿外套,還有,還有手套……」

我：「千萬不要忘記要穿兩條褲子。」

羅比慨然拒絕：「我！我不穿褲子！」

我：「好吧……」

羅比：「我，我自己想辦法去南極，一直坐捷運，離家出走……我好累，像，像流浪狗那樣可憐……」

我：「說真的你要去南極幹嘛呢？」

羅比：「我去看企鵝，還有，因為我，我不喜歡別人笑我！」

#在夢中的台灣有人笑他總裁待不下去了

#台北市長請問政見可以讓南勢角線接南極嗎

#只戴毛帽外套跟手套下半身赤裸的南極觀光客

羅比最近熱衷於光著下半身在家裡在走來走去。
他總是在脫褲子的時候說:「我現在要帥一下!」

恐怖故事

這陣子，我覺得羅比已經大到可以開始聽恐怖一點的故事了。
因此前些天在睡覺前，我跟羅比說了《虎姑婆》的故事。

為了把《虎姑婆》說得正確，我還上網重新看了下故事大綱，仔細
想起來這個故事也真的是挺恐怖的——

老虎精為了修行，必須要吃幾個小孩，才能完全變成人，所以牠
下山找小孩吃。下山後，老虎精偷聽到有一家人，媽媽要外出，
屋子裡只有一對姊弟，於是老虎精就變成虎姑婆的樣子，騙小孩
開門進到屋子裡去。

虎姑婆先陪姊姊跟弟弟一起睡覺，睡到半夜，牠吃了弟弟，發出
咀嚼的聲音，姊姊聽到後，問虎姑婆在吃什麼，虎姑婆說在吃花
生，接著丟一塊弟弟的手指頭給姊姊……

我把整個故事，包含姊姊機智地跑去假裝上廁所，然後燒了一桶
水，把虎姑婆燙死，都說完了，高低起伏的情節，邪不勝正的結
果，故事完美落幕。

我問羅比：「你覺得這個故事怎麼樣？」
羅比以總裁的視野點評：「我覺得，老虎如果真的要吃人，應該，應
該不用先陪睡覺才對。」

#總裁覺得虎姑婆做太多了

沒有嚇到羅比，我覺得很不甘心，於是又在隔天晚上，講了《糖果
屋》的故事。
因為我實在很不熟悉這個故事，所以我先打開YouTube，跟羅比

一起看卡通。

故事的開頭，是一對父母指著家裡的一塊小麵包，說：「怎麼辦，我們家只剩這個麵包，沒有東西吃了，沒辦法，只好把孩子丟掉了。」

後來劇情慢慢進展下去，哥哥很機智，先是帶著小石頭，沿路丟，於是順利地找到回家的路，YouTube 看到這裡，我大致想起來了，所以我接下去繼續說著故事：「第二次，哥哥用麵包撕成小塊，也是沿路丟，沒想到……」

羅比打斷我：「沒想到家裡已經沒有麵包了嗎？他，他丟什麼丟？」

#我本來要接著說沒想到麵包居然被小鳥吃掉了
#但總裁不能接受貧窮家庭居然浪費食物的卡通

總算把《糖果屋》的故事說完。

迷路的孩子們，在森林中，發現了一個用麵包做的房屋，窗戶是糖果做的。房子的主人是一個壞心的老婦人，她建了這個房屋來引誘小孩子，其實她想要吃小孩，還好最後機智的孩子們，殺掉了老巫婆，他們找到回家的路，從此過著幸福快樂的生活……

我再度問羅比：「你覺得糖果屋這個故事怎麼樣？」

羅比冷靜地回覆：「我，我覺得家裡還是要每個人，都會賺錢擠較好。」

#精準點出家庭失和的關鍵因素
#其實巫婆與糖果屋都可有可無總裁直搗黃龍

彩色小野狼

有時候，我們不想講現有的故事。所以最近我一直在睡前，跟羅比亂編故事，其中最受歡迎的一則故事是——「我們家裡來了一隻小野狼。」

我：「羅比，你覺得這隻小野狼，最喜歡什麼顏色呢？」
羅比：「紅色。」
我：「喔，所以呢，這隻小野狼，牠穿著紅色的襪子，住在紅色的小木屋裡，牠喜歡吃紅色的草莓……」
羅比：「可，可是我想要牠也喜歡藍色。」
我：「好，小野狼帶著一個藍色的包包，帶著藍色的帽子……」
羅比：「牠，牠還喜歡咖啡色！」
我：「唉呦，小野狼到底喜歡什麼顏色？你可不可以幫牠選好一個顏色啦……」
羅比公布正確答案：「因為，牠是，彩色小野狼！」
我：「那彩色小野狼有什麼特色？牠喜歡做什麼？」
羅比超詩意的，他居然說：「彩色小野狼喜歡作夢，每天，早餐、午餐和晚餐，牠吃的都是彩虹……」

#這傢伙扮過徐志摩果然有差

從那天開始，我們時不時就會提到彩色小野狼。

羅比想到就會問：「媽媽，今天彩色小野狼怎麼了？」
我：「彩色小野狼喔，牠想要睡覺……」
羅比：「牠，牠為什麼從森林裡來？」
我：「因為，因為啊，牠在森林裡，跟爸爸媽媽住在一起，有一天，爸爸跟牠說，野狼長大了，要去咬小鹿，牠沒辦法……」
羅比：「那牠都，本來都吃什麼？」

我：「牠喔，牠本來都是吃路邊死掉的青蛙。」

羅比：「為什麼爸爸不讓牠吃青蛙？」

我：「可能野狼長大了，就要開始練習打獵，要試試看咬活的動物啊……」

羅比：「那，彩色小野狼怎麼了？」

我：「彩色小野狼沒辦法這樣，牠不能聽爸爸的話，只好決定離開森林，去城市看看。」

羅比露出為難的表情。

我：「怎麼了？」

羅比：「牠，牠應該去跟媽媽講，說不想吃小鹿就好，不，不必離開家。」

#說得也對爸爸不高興叫媽媽處理就好何苦離家出走

基本上，彩色小野狼是從森林走了二十天，來到台北的，因為不認同牠爸爸大野狼做人做事的方法，所以決定離家出走（對，我就是這麼愛亂編）。

牠是一隻來自森林的小野狼，第一次跟人類住在一起，有很多不習慣的地方，常常哭和發脾氣。比如說，彩色小野狼不喜歡去餐廳吃飯，牠想要吃老鼠，所以羅比要一面吃飯，一面跟彩色小野狼解釋菜色。

或是彩色小野狼看到不認識的東西，就會緊張地吃自己的毛，因此羅比會跟牠解釋人世間的各項物品。羅比因此變得很愛好教學，但是羅比老師的口音很好笑。

他會在擦乳液時說：「彩，彩色小野狼，我跟你說，這是富手霜。」

我：「護啦，護手霜。」

羅比不管我，繼續用櫃姐的方式說明：「富，富手霜，是擦在皮忽上的。」

還有，今天早上吃早餐的時候，羅比也特別停下來，很認真地說：「彩，彩色小野狼，這個很好吃，這是麥冬勞。」

#不要問我要怎麼改正他
#我沒有要幫羅比改因為我熱愛各種口音
#彩色小野狼歡迎來到熱情洋溢人情味很重的西區

門的名字叫布朗

最近都是彼得陪羅比睡覺，睡不著的時候，彼得會應羅比要求，腸枯思竭地說床邊故事。彼得一向都是看到什麼就說什麼的男人，他也把這樣的技能應用在陪兒子睡覺上。

彼得：「從前從前，有一個門。」

羅比：「門，叫什麼名字。」

彼得：「布朗，門的名字叫做布朗。」

羅比：「好。」

彼得：「有個小男孩，叫做羅比，他很好奇，看到有一個門，他就推開了那個門。」

羅比：「等一下，小男孩羅比有沒有被門夾到？」

彼得：「有，他被門夾到了，那個門把他夾得好痛。」

羅比愛面子地說：「應該，是羅比的朋友被門夾到，不是羅比。」

彼得：「好吧，羅比的朋友被門夾到了，還好門後面有護士！」

羅比：「護士叫什麼名字？」

彼得：「護士叫那爾斯，接著，小男孩羅比看到了床。」

羅比：「床，床叫什麼名字？」

彼得：「貝德。」

羅比：「小男孩喜歡貝德嗎？」

彼得：「當然，小男孩跟貝德，很快就變成好朋友，浴室裡還有一面鏡子，叫做米勒，他們也是好朋友。」

事後彼得講這個故事給我聽，我說：「你故事裡的人物名字都這麼國際化喔？」

彼得：「我想說，乾脆讓他學英語啊，bed是貝德，mirror是米勒。」

我：「喔喔，還有嗎？」

彼得：「我就看到什麼就講什麼，我跟羅比說，枕頭也是貝德的好朋

友，枕頭的名字叫做皮肉。」

我：「什麼皮肉？」

彼得：「Pillow就是皮肉，聽起來很像法國人耶。」

彼得繼續說故事，他說了一堆家具的名字，檯燈叫藍博，窗簾叫柯特，他告訴羅比，說拖鞋的名字，叫做飛樂寶。

我：「拖鞋的英文明明是slipper，哪有像飛樂寶？」

彼得堅持：「飛樂寶，他就是飛樂寶。」

彼得：「羅比很棒耶，他統統都記得了。」

我：「然後呢？」

彼得：「後來羅比叫我唱歌，每唱一句就要吞一次口水，像這樣，我的寶貝，嗯耶，寶貝，嗯耶，給你一個甜甜，嗯耶……」

我：「他在整你，你知道嗎？」

彼得：「後來他就睡了，呵呵。」

我：「所以你的故事裡有飛樂寶，柯特，藍博，貝德，納爾斯，皮肉……」

彼得再度強調：「對，皮肉是從法國來的。」

我：「等一下，那為什麼門要叫布朗？」

彼得：「原因很簡單。」

我：「怎樣很簡單？」

彼得：「就是我一開始沒有想好啊！」

我：「……」

彼得受到激勵，他搓著手說：「我得趕快來再學多一點英文單字，可以教羅比！」

我：「欸，你覺得這是正確的語言教學嗎？」

彼得：「我覺得羅比會自然而然學會兩種語言！」

#別忘了皮肉是法國人呢

羅比跟檯燈藍博與窗簾科特的合照。

我老婆以前就是這樣啊

幾乎是每天晚上，我都要講一個睡前故事給羅比聽，而且從這幾次開始，羅比規定不能講童話故事，一定要是原創的故事，才能讓總裁感到滿意。

有一天我真的覺得腸枯思竭。

我哀求羅比：「今天媽媽不想講故事，頭好痛講不出來，換你講好了。」

羅比點點頭，他只想了三秒鐘就開始講：「從前從前，有一個老太太……」

我第一次聽到兒子說故事給我聽，覺得非常幸福。

羅比繼續說：「老，老太太走在路上，看到一個需要幫助的人……」

我問：「然後呢？」

羅比：「然後，老太太就給他錢，好了，講完了。」

我抽了一口氣：「欸，哪有這樣就講完了？需要幫助的人得到錢，後面發生什麼事？你也要講一下啊……」

羅比：「喔喔，然後他就說謝謝。好了，講完了。」

我：「哪有這麼短的故事啦，羅比，你要想一想，需要幫助的人拿到了錢，除了說謝謝，後來又做了什麼，過著怎麼樣日子？」

羅比很想結束這個話題：「後來，後來他就過著幸福快樂的生活。好了。」

我抗議：「哪有人這麼容易就幸福快樂的生活！」

羅比：「單然啊，因，因為老太太在路上，給他，給他八千萬！」

#要五毛給八千萬
#除了說謝謝一時之間好像也想不出要說什麼好了

熄燈以後，我忍不住再問：「羅比，你覺得一個老太太，走在路上，看到一個需要幫助的人，然後就給他八千萬，這有可能嗎？」

羅比：「當然，當然有可能啊！」

我拉高質疑的口氣：「什麼樣的老太太有這種可能？」

羅比以一種再正常也不過的表情回答：「因為，我，我老婆以前就是這樣啊。」

#帥哥叫你講個睡前故事你又講到前世去了嗎

#總裁抱歉多問一句請問老太太去是在哪一條路我也去那邊等

後記──

說到老婆，有次看到一篇我同學寫的文章〈我的小暖男，他不要別人當他的老婆，他要娶媽媽當老婆〉。

因為她跟我曾經一起住在同一家月子中心，我們兩個的小孩都是金牛座，我便滿懷期待地問羅比一樣的問題。

我：「欸，羅比，我問你，你要不要娶老婆？」

羅比：「妳，妳說結婚嗎？」

（講話不要那麼成熟！）

我：「對啊，對啊，你想要娶什麼樣的老婆？」

羅比：「妳說什麼？」

我：「你想不想娶跟媽媽一樣的？」

羅比想了一下。

羅比：「我，我要娶八個老婆。」

#也就是各式各樣的都要有

#好吧我的夢碎了

遇到老虎說什麼都沒有用了

為了應和志玲姐姐結婚大喜，我們在車上聽的老歌，是哈林哥的
〈春泥〉——「多想提起勇氣，好好的呵護你，不讓你受委屈，苦也
願意……」

每次聽到新的歌，坐在後座的羅比就會認真問：「這是什麼，那是什
麼……」
不過這首歌，因為歌詞裡面有很多比較高深的用詞，總裁聽不懂的
部分滿多的。

「媽媽，呵護是什麼？」
「媽媽，委屈是什麼？」

彼得一面開著車一面說：「委屈喔，我跟你講，委屈就是爸爸回家，
看到家裡很亂，然後罵羅比，結果根本是媽媽弄亂的，這時候，你
看，羅比就會很委屈。」

#爸爸回家看到亂不趕快收
#罵人怎麼會有用呢

承上，春泥來到副歌部分，我跟彼得都張開嘴巴大唱起來。
「那些痛的記憶，落在春的泥土裡，滋養了大地，開出下一個花
季……」
羅比歪著腦袋沒說話，一臉困惑。
我趕緊轉頭補充：「羅比，你是不是不知道什麼是花季，媽媽跟你
說，那個花季就是……」
此時總裁伸出一隻手，阻止我繼續說下去。
我：「怎麼了？」
羅比：「什麼，什麼是大地？」

我:「喔喔喔,大地啊,就是大自然裡面啊,很大的一片土地,大地上有長花,也有樹,那個歌詞說,滋養了大地,意思就是吼……」

總裁又再度伸出同一隻手,阻止我繼續解釋。

我:「怎麼了嗎?」

總裁這下有點不爽了,他坐在安全座椅怒氣沖沖地問:「滋,養,了,大,地,誰!誰養了地!」

#總裁息怒
#大地跟A7不一樣
#沒有人養地啦

昨天晚上睡覺前,跟羅比一起玩故事接龍,他一直耍賴,只要輪到他,故事就沒有進展。

比如說,從前從前有一隻小羊,牠走在森林裡,遇到一隻猴子,猴子問牠要不要一起玩……

我:「好,我講到這裡,換你。」

羅比:「小羊說,『好啊。』換妳。」

我:「喂,你要多講一點啊……」

再來一次,猴子問,「小羊,你要不要一起玩?」

羅比:「『好啊好啊好啊好啊。』換妳。」

#這算什麼多講一點

繼上次故事接龍,最後森林裡的小熊,因為肚子太餓最後吃自己眼珠這種荒唐戲碼,羅比這次的故事風格有點改變。

我繼續接龍:「小羊在跟小猴子玩的時候,太開心了,所以跑來跑

去，碰，牠不小心撞到樹，糟糕，受傷了！換你。」

羅比：「小羊，小羊覺得自己有流血，可是牠不知道要怎麼辦……牠看不到……換妳。」

我：「小羊一直哭一直哭，牠流血了，頭很痛……換你。」

羅比：「啊，小猴子想到方法了，牠跟小羊說，『可以走到河邊，冰呼。』」

我：「是敷啦，冰ㄈㄨ啊，我覺得小猴子的提議很好，去河邊好，可以透過水面當鏡子，看看自己哪邊流血……」

羅比：「小猴子說，『那我們去河邊吧！』小羊說，『好啊好啊好啊好啊……』。」

#又是廢文
#小羊真的是人人好

我：「終於到了河邊，哇，結果小羊從水面，看到牠後面有一隻老虎！」

羅比：「喔，好，講到這裡，結束了。」

我：「故事明明才到最高潮，哪裡有結束？」

羅比打了一個呵欠：「沒了，我，我要睡了。」

我：「不是啊，小羊看到後面有老虎，牠怎麼辦，牠要說什麼？」

羅比搖搖手，很喪志地表示：「誰都一樣，看，看到有老虎在旁邊的話，說，說什麼都沒用了……」

#務實金牛總裁結束此回合

躺在床上，我問羅比：「欸，你覺得我們編的這個故事，主要寓意是什麼？」

羅比：「寓意，寓意是什麼意思？」

我：「就是你想要透過這個故事，告訴大家什麼事情，像是《三隻小豬》，寓意是告訴大家要團結，要認真蓋房子，那你這個故事，小羊撞到頭，去河邊，然後遇到老虎，這個寓意是什麼？」

羅比在黑暗中，我還看得到他在思考時會露出的NIKE眉形，他想了一想給出結論：「應該是！撞到頭，你，你以為已經很衰，結果，遇到老虎，更衰！」

#總裁你還是比較適合商管不適合童話啊
#流血時不要照鏡子也不要聽猴子
#而且流血還碰到老虎衰成這樣只能reset了
#總裁祝您投胎順利

最後的最後（我寫開了一直寫不完），回到那首本日金曲，〈春泥〉裡有一句歌詞，「風中你的淚滴，滴滴落在回憶裡……」
總裁聽不清楚，在後座大喊著：「是誰，誰在開會的時候哭？」
我：「什麼？沒有人在開會啊？」
總裁堅持：「有！淚滴，滴到會議裡，誰在會議裡哭了！」

#是回憶不是會議
#但很難解釋我放棄
#總裁你才是趕快從前世回憶出來
#好好上中班不要再開會了

總裁正在激情聽歌但聽不懂春泥。

愛情路上你不孤單
總裁實戰指南

給約會時總是不知所措的你

好涼，好飽，好浪漫

每回碰上周日，因為彼得固定會去跟朋友打球，我便帶著羅比去戶外四處走走。

走在路上，我跟羅比說：「你知道嗎？這是我們兩個人的約會喔。」
羅比：「約會是什麼？」
我：「約會就是啊，兩個人想要在一起，做一些很好玩的事情，然後看看會不會更喜歡對方⋯⋯」

羅比點點頭，我牽著他的手，在小巷弄裡走著，我繼續補充說明：「今天，我們就當作是第一次認識，你要講一些特別的話，讓我覺得你是一個很有趣的人啊，還有喔，你要一直表現得很浪漫才行⋯⋯」

羅比又問：「浪，浪漫是什麼？」

我：「就是你會特別去用心做一些事情，讓對方覺得很開心啊。」
羅比眯著眼睛，過了一陣子他說：「我走不動，妳可不可以抱我？」
我抗議：「哪有人會在第一次約會的時候，就叫別人抱他？」

羅比蹬腳：「明明就有！浪漫！抱我！」

#好吧有效率的約會總是進展擠較快
#霸道總裁我抱你

九月的天氣，是一隻巨型母老虎，氣溫真的很高。
我跟羅比好不容易走到百貨公司，便趕快躲進去，有冷氣加持以後，他才慢慢露出四歲孩子應有的純真笑容。

羅比指著一家日本壽司店:「我們約會,可以吃,吃這個……」

那時候百貨公司才剛開門,我們都還沒吃早餐。在點菜的過程中,我特別囑咐店員鮭魚要替我作成全熟的。

羅比在旁邊聽到了,他皺著眉頭問:「為什麼大人才可以吃生的?」

我:「咦?你很想吃生的嗎?」

總裁突然露出釋然的笑容,他搖搖手:「沒關係啦,生的壽司,我以前就吃過很多了……」

 # 多久以前難道你是日據時代吃的嗎

終於吃完壽司,在冷氣充足的地下美食街,我們母子倆很愉快地凸著肚子坐在椅子上。

我問:「羅比,你喜歡我們今天的約會嗎?」

羅比:「喜歡。」

我:「那你覺得我們的約會浪漫嗎?」

羅比面帶笑容地說出了金句:「好涼,好飽,好浪漫……」

 # 總裁比誰都知道的愛情三元素

因為「好涼好飽好浪漫」這句話實在很妙,跟羅比在搭手扶梯的時候,我忍不住繼續問:「羅比,你說約會要好涼好飽好浪漫,我覺得滿有道理的,那我問你,如果約會的時候,男生帶女生去的地方,好熱,好餓,會怎樣?」

羅比不假思索,伸出一根手指堅定地表示:「好熱,好餓,好孤單!」

 # 男孩們別忘了這是約會守則101
 # 讓女生熱了餓了倒楣的是你喔

給在愛情中感到迷惘的你

她抹掉我的愛，只好分手了

羅比小班的時候，喜歡過一個女生，那場愛戀，基本上跟賞鳥行程差不多。

小雅（化名）坐在他旁邊，我問羅比：「你是不是喜歡小雅？」
每次講到她，總裁都會轉移話題。
但身為未來的婆婆，我為人可是很敏銳的，我為什麼知道羅比喜歡小雅呢？
因為某天羅比抱怨說：「小雅吃飯時都不好好吃，一直玩自己的頭髮……」
我：「那又怎麼樣？」
羅比：「我覺得，她這樣很丟我的臉。」

#總裁你這樣說就是愛得很深啊

每天放學，我都一直猛問羅比關於小雅的事。
我：「羅比，今天小雅過得怎麼樣？」
羅比聳肩：「她，她還是一樣啊，都不好好吃飯，吃得很慢。」
我：「那你覺得小雅漂不漂亮？」
羅比：「……還好。」
我：「欸，羅比，你說一下嘛，你覺得小雅哪裡最特別？」
羅比想了一下，突然瞪大眼睛說：「小雅，她全身都貼防蚊貼片，她超特別的！」

#特別的愛給特別的妳

當那個皮膚白白的小女生來學校時，羅比會拉拉我的衣角，然後

說,「媽媽,小雅來了。」

我說:「那,你快去跟小雅講話啊?」

羅比就會搖搖頭,繼續賞鳥。

我要是主動提議:「不然我幫你,小雅!早安!」

羅比就會說:「妳不要這樣⋯⋯妳不要瘋狂⋯⋯」

我記得羅比那一整年,就是一直碎碎念:「小雅今天綁,綁頭髮⋯⋯」

#別的男同學都已經把小雅團團圍住了

講一個題外話,身為職場媽媽,我有時候會滿自卑的,當我發現別的媽媽做的便當很漂亮,然後我只給羅比帶一個菠蘿麵包,或是有時候因為工作,來不及參加羅比在學校的活動。

有天我問羅比:「還是媽媽不要上班,你覺得這樣是不是比較好?」

羅比:「我覺得還,還好。」

我:「那你覺得怎樣好?」

羅比:「妳不要上班,我也不要上課,這樣才是最好。」

#一針見血我醒了

不過,那愧疚的心情還是時不時會冒出來,我偶爾還是會問羅比:「羅比,媽媽因為工作,都不能去你的活動,這樣,可以嗎?」

他這大哥倒是一派輕鬆:「妳要上班,因為妳要,妳要當個有用的人!」

#謝謝你喔
#總裁果然是資方代表
#用資方的方式灌迷湯

然後日子就這麼搖搖晃晃,一天一天過去,羅比換了一個幼兒園,升上了中班。

新的學校裡沒有小雅，羅比似乎開始喜歡一個小女生，比他高一個頭，有平瀏海。

去玩具店的時候，我的兒子會特別想要買一個玩具給她，羅比會說：「今天買玩具，要買一個給香香（化名）！」

但總裁還是有非常總裁的部分，當我問：「喔，那你想要買什麼給香香呢？你要不要好好來想一想？」

總裁就搖搖手嫌麻煩地說：「妳去買就好，妳是女生，妳，妳去幫我挑一個好的……」

#好吧讓我來當個有用的人

我們挑了一個給小朋友玩的泡澡球，隔天要送給香香。

我一直密切觀察羅比要怎麼送給她。

然後我就看到總裁在教室的角落，看看四下無人，神祕兮兮地用毒品交易的方式塞給對方。

香香看了一眼沒說什麼也就收下，接著放進書包裡。

我向羅比招招手，羅比跑了過來。

我：「你送香香禮物，你要跟香香解釋說那是什麼啊？」

羅比點點頭走過去，當著所有同學，面露瀟灑地說：「我給妳的，那，那是泡澡球，妳不會用的話，可以找我！」

#總裁直接起來也都不害臊
#希望化名有用香香父母不會循線找到我

前幾天，羅比回家後突然說，「媽媽，今天我親了香香。」

聽到這個我簡直慌了手腳，「什麼？你說什麼！爸爸，爸爸，你快點來，羅比說，他說他親了香香！」

彼得倒是很沉著，問出關鍵問題：「你親她哪裡？」

羅比害羞：「……額頭。」

我：「那你什麼時候親她的？」

羅比：「睡，睡午覺之前……」

我：「那她有怎樣嗎？」

羅比：「香香，她就是把我親的地方抹掉……」

彼得：「她什麼都沒有說嗎？」

羅比低下頭，顯然自尊受損的樣子，「她，她什麼都沒有說……」

 # 不過說到底我們這一家人到底期待對方說什麼呢

我繼續追問他：「所以香香就是把你的口水抹掉，然後就去睡午覺了嗎？」

羅比顯然不滿意我的說法，他大聲抗議：「那，那才不是口水，那是我～的～愛～！她把我的愛抹掉，只好，只好跟她分手了！」

 # 單戀初吻失戀同一天

我去學校接羅比時，羅比正奮力地像隻猴子倒吊在單槓上，
他問：「媽媽，香香有沒有在看我？」
我注意到香香已經走去別的地方溜滑梯，但我不忍心說出實情，
我對羅比說，「有的，她正在另一邊看著你呢。」

給婚前想要臨陣脫逃的你

好好保護新娘

羅比喜歡一首歌，是陳勢安跟畢書盡的〈勢在必行〉。

羅比大唱：「為～愛 who 出轟狂，為～夢受了點傷，為保護我的新娘，變～得更堅強～」

我指正他：「歌詞是為保護我的信仰，變得更堅強喔。」

羅比皺眉：「信仰，信仰是什麼？」

我：「就是你一直都相信的事情，歌手是在說，為了保護他的所相信的信仰，他要變得更堅強啊。」

羅比：「是新娘！保護新娘，才要堅強！」

#誰要保護信仰當然是要保護新娘
#金牛男的務實愛情觀

給失戀中想要放棄一切的你

我先當一個無所謂的人

其實這一陣子，羅比的心情不太好。
怎樣不好呢？
因為他喜歡的女生香香，感覺好像喜歡上別的男生。

這個連我只是個送小孩上學，在校園短暫停留的媽媽，都深深感受到了。
先說這個男生叫做庭庭（化名）好了。

有一次我們剛好在門外碰到庭庭，庭庭一進幼兒園，香香就對他露出笑容，接著羅比對著香香說了聲早安，香香的笑容就在轉瞬間結束了。
我立刻感覺到那個差別，小女孩親切可人的笑容，隨著羅比的出現，好像雪花落在掌心上，瞬間消融的過程。

晚上，我嘗試問羅比：「香香……是不是滿喜歡庭庭的啊？」
羅比沮喪地點點頭，好像我把這個事實說出來，又更加深他的痛苦的樣子。
我：「所以，你也有發現喔？」
羅比說：「香香，她都不跟我玩了……」
我：「真的嗎？你確定嗎？」
羅比：「那天我用手擋住香香說，這裡不能過，要有通行證，妳要先嗶嗶……」
我：「結果咧？」
羅比小手一揮：「結果，香香就找到別的路，自己走掉了……」
我替羅比感到有點可惜，但身為媽媽，總覺得還是有義務好好安慰他一下。

我：「羅比，不一定是她不想跟你玩，你想想看，她自己走掉，會不會，有其他可能呢？」

羅比抬起頭用圓圓的眼睛看著我，絞盡腦汁開始用力想。

他說：「還是……香香被我擋住以後，因為，因為她的腦子很好，所以可以找到別的路走？」

 # 嗚嗚嗚我也希望只是這樣啊

看著羅比沒人愛，我也像隻無頭蒼蠅跟著胡亂著急起來。

我：「那現在要怎麼辦？」

為了提供幫助，我趕緊把我想得到的班上小女生同學，她們的名字都一一列舉出來，希望可以轉移羅比的注意力。

羅比搖搖頭，顯然不太喜歡我的提議。

我：「你跟庭庭也是朋友對嗎？」

羅比：「對……」

我：「那不然這樣，你們三個，統統一起當朋友就好了。」

羅比：「可是，可是我擔心，香香擠較不想跟我當朋友……」

我：「啊……這樣啊……」

羅比吐了一口氣，接著很成熟的說：「媽媽，這件事我，我已經想過了。」

我：「你想過什麼？」

羅比：「我在旁邊，我，我先當一個無所謂的人就好。」

 # 我應該在車底
 # 不應該在這裡
 # 看到你們有多甜蜜

這件事我有點怪彼得。

我：「都是你，老是教羅比講奇怪的笑話，他一定在學校都有講。」

彼得：「我哪有？」

我：「明明就有，那天我就有聽到羅比說，『跟你講一個笑話，表面上他是一個手機，但是，實際上他是一個刮鬍刀！』這難道不是你教的嗎？」

彼得說：「周星馳明明就很好笑……而且我只說過一兩次，羅比才不會記得咧。」

然後在旁邊堆著積木的羅比，突然就開口說：「這個鞋子，一眼看下去，你會覺得這是一隻鞋子，其實，其實他是一個吹風機……」

父子兩人笑得東倒西歪，我在旁邊看，很確信這個笑話，可愛的香香一定覺得不好笑。

總而言之羅比最近都在一種失戀的情緒之中，然後前幾天他開始一直跑廁所，「我要尿尿、我要尿尿、我要尿尿」，變成總裁的口頭禪。

我們很緊張，以為是尿道炎，還帶他去醫院檢查。

醫生看著檢驗報告，喃喃自語：「尿液檢查都沒有問題……」

接著醫生問：「會不會是小朋友在學校有碰到一些問題呢？」

通常幼兒在心理有壓力時，因為不知道該怎麼表達，就會用頻尿的方式來表現……

羅比在旁邊安安靜靜地聽著，接著我看到一個四歲的孩童苦著臉說：「我壓力很大，我心都碎裂，我，我失戀了！」

#什麼心都碎裂你也講得出口

今天早上，彼得還傳訊給我，說小朋友今天去公園玩，庭庭跟香香排隊的時候還一起手牽手。

彼得：「慘了慘了……」

我跟彼得說：「其實庭庭滿帥的，而且長得又高，香香會喜歡他，我也覺得很正常……」

#我腦中浮現一對登對的情侶牽著手
#旁邊有一個周星馳拿著鞋子在講笑話的畫面

但回家看著羅比失魂落魄的樣子，我想說人生誰沒有遇過挫折呢，便很認真地開導他。

我：「羅比，關於這件事，你覺得怎麼樣？」
羅比：「什麼事？」
我想要引導羅比說出自己的難過，聽說這樣對幼兒處理情緒會有所幫助。
我：「就是香香比較喜歡別人這件事啊，羅比，你跟媽媽說，這時候，你有什麼感覺？」
此時羅比嘆了一口氣，強裝鎮定地表示：「我，我覺得很遺憾……」

#總裁你不要用上輩子公關公司教你的官話來回答好嗎

承上。

晚上刷牙的時候，彼得跟我試著用跟誠懇的方式安慰羅比。
彼得：「爸爸跟你說，你希望的事情沒有發生，喜歡的人沒有喜歡你，這是每個人都會碰到的事情。」
我接著講：「而且，一個人如果在失敗的時候，也能保持心情穩定，然後接受失敗，這樣，也算是一種成功……」
羅比根本沒心情聽我講完，他雙手握拳很激動地表示：「那，那是常常失敗的人，才會這樣講！」

#什麼叫做接受失敗也是成功
#根本魯蛇父母
#總裁聽不下去總裁真的好氣

睡覺前，穿著蜘蛛人睡衣的羅比，似乎想出了一個絕妙的方法。

他走過來向我宣布：「媽媽，沒辦法，現在，我只能跟庭庭的媽媽聊天，庭庭媽媽，是世界上最漂亮的女人！」

我：「什麼意思？你是說庭庭的媽媽是幼稚園的媽媽裡面最漂亮的嗎？」

羅比又再次強調了一次：「不是幼稚園，她是全～世～界～最漂亮的女人！明天！我要跟她說！」

我：「……」

#總裁你不要因為自己的朋友搶了你的女友

#就開始追求對方的媽媽

#你不是要當無所謂的人嗎

#這樣心機很重耶

後來，在家長聚會時，我見到香香的媽媽。

香香媽媽告訴我：「羅比對香香很好，很關心她，也會特別照顧她。」

我：「可是香香比較喜歡庭庭，妳知道嗎？」

香香媽：「我知道……」我們不再多說默默看向前方，這是什麼呢這就是所謂愛情的殘忍啊。

為了安慰失戀的總裁，我們去買了麥當勞，不知為何薯餅多了好多個，
只能說，當上帝關了一扇門，就會讓你薯餅買一送五吧。

後記

最近，我試著用未來的角度，回頭看自己。

如果六十歲的我，遇見了現在的我，那麼，她會對現在的我說些什麼？

「不要焦慮，不要咬牙苦撐，就算比以前胖了幾公斤，換個角度想，至少妳並不是一無所有……」

我想那個老老的我，會這樣勸說：「還有，抱著孩子，說妳愛他，不可以嫌他矮，每天都用行動證明，妳是一個願意無條件理解他的人。」

這幾年，有了羅比這個小孩，每周每周地寫一些好笑的事情，真要出書時，整理起來竟然有十七萬字。我跟編輯埋頭苦幹地選了其中的十萬字，等到我總算抬起頭來看看周圍，一股緊張的肺炎疫情正在世界各個角落蔓延，而我翻遍了家裡的所有櫃子，發現手邊的口罩，只有六個。

過年期間籃球明星 Kobe Bryant 過世，給我們一家很大的衝擊。

彼得至少有兩三天都不太講話，默默自己在手機上看著 Kobe 過去身手的影片。

我是從羅比出生的那一年，在月子中心很悠閒，才開始看 NBA，當時主要都是在看 Lebron James 帶著騎士隊跟勇士隊打冠軍賽，錯過了 Kobe 的年代，我並不知道太多關於 Kobe 的事情。

只有偶爾在看 James 投籃的時候，彼得會在一旁說：「哎，如果妳看過 Kobe 投球的姿勢，妳就會知道老詹這樣投，真的很像大猩猩在丟椰子……」

我買了一本傳記，想要多了解一點 Kobe 的事情，裡面有一段，講述他手指斷了卻仍然堅持上場的事──

羅比最愛去海邊玩，
這次去沖繩海邊玩，
爸爸把他打扮成青蚵嫂。

「只要手指受傷，我們都會使用副木。副木有點像是在手指的頂端與根部打上硬石膏，然後用彈性繃帶一圈又一圈纏繞我的手指。每當籃球碰到我的手指，還是很痛，那是生理上的痛，但在心理上，我知道手指有一層保護，已經幫我吸收了某些傷害，至於剩下的，我可以忍。」

我重複地看著 Kobe 的那一句話，「至於剩下的，我可以忍。」
覺得非常寂寞啊。

隨著年紀漸漸增長，這陣子羅比倒是不太提起他的高中同學了，不過開車經過松江南京站附近時，總裁還是會在安全座椅上，看著窗外流逝的一格格風景，露出淡淡懷念的表情。
有次我開玩笑問他：「你上輩子從中山區，好不容易轉世，搞半天居然投胎到隔壁的大同區，這樣會不會太近了一點？」
羅比笑了笑沒有回答我，他的笑容裡，帶有一種神祕的涵意。

最近讀到一本國外的故事書，書名叫做《優良蛋》，主角是一顆戴著黑框眼鏡像是優等學生的小雞蛋。
「喔，你好啊，我剛剛救了這隻貓。想知道為什麼嗎？因為我是優良蛋。非常非常完美的蛋……」
這顆優良蛋，跟另外十一顆蛋住在超市的紙蛋盒裡，當其他的蛋不乖的時候，優良蛋就會試著管他們，替他們收拾善後。
優良蛋的人生，過得特別特別苦。
「一個命運般的早上，我發現蛋殼上出現了裂痕，啊，我的頭裂開了。醫生說，是我壓力太大的關係……」
這本書登上《紐約時報》暢銷榜第一名，我喜歡它在書封上的副標，叫做「善待自我系列繪本」。什麼樣的才能，會讓人寫出如此有意思有又有意義的書呢？我期許自己也能成為這樣的作家。

寫著這段文字時，羅比突然跑到書桌前，他對著我說：「媽媽，我愛妳，請繫好安全帶，謝謝。」

我問：「為什麼你愛我，我要繫好安全帶呢？」

羅比天真地表示：「因為，我的愛很危險啊……」

我哈哈笑了出來，這時總裁小心翼翼地追問：「媽媽，我說的這個好笑嗎？我明天可以去學校，跟香香講這個笑話嗎？」

想到總裁這段時間在幼兒園失戀的經歷，我只想對他說：「不要再努力了，你跌倒了就先在原地躺一下。」

這句話，同時也是這本書的核心——

當你覺得感傷，覺得無依無靠，這時候，請千萬不要再繼續努力了，如果可以的話，就躺在地上讓總裁為你提供一個溫暖的懷抱。

想想他說的那些話：

「呆瓜沒有不好，我會跟呆瓜交朋友。」

「我都穿內褲了，你還想要怎麼樣？」

「心裡痛痛的時候，應該就是要泡澡，但是不要洗頭。」

「你今天特別累，是不是也有上鋼琴課？」

沒有力氣的時候，請務必接受這份邀請——

猴子問：「嘿，要不要一起玩？」

小羊說：「好啊好啊好啊好啊。」

本書的最後，放上我最喜歡的一張，羅比的照片。

那時候我們剛剛搬了新家，家裡什麼都沒有，照片裡的總裁，卻一副沒有關係日子照樣過的樣子。

我看著他的笑容，也覺得人生走到這裡，或許，一切都是足夠的。

讓我們，乘著陽光，愛上衝浪，吸引她木瓜！

Life 001

總裁獅子頭

作者	葉揚
編輯協力	林芝
圖像協力	顏郁捷
裝幀設計	mollychang.cagw
行銷企劃	呂嘉羽
執行企劃	鄧經緯
總編輯	賀郁文

出版發行	重版文化整合事業股份有限公司
臉書專頁	https://www.facebook.com/readdpublishing
聯絡信箱	service@readdpublishing.com

總經銷	聯合發行股份有限公司
地址	新北市新店區寶橋路235巷6弄6號2樓
電話	(02) 2917-8022
傳真	(02) 2915-6275

法律顧問	李柏洋律師
印製	凱林彩印股份有限公司
裝訂	智盛裝訂股份有限公司

一版二刷	2020年03月
定價	新台幣420元

國家圖書館出版品預行編目 (CIP) 資料

總裁獅子頭 / 葉揚作. -- 一版. -- 臺北市 : 重版文化整合事業, 2020.02
308面 ; 13×19公分. -- (Life ; 1)
ISBN 978-986-98793-0-9 (平裝)　　　863.55　　　109001125